ALMA
DE
OURO

Nelson de La Corte

ALMA
DE
OURO

EDITORA
Labrador

Copyright © 2020 de Nelson de La Corte
Todos os direitos desta edição reservados à Editora Labrador.

Coordenação editorial
Erika Nakahata

Assistência editorial
Gabriela Castro

Capa
Felipe Rosa

Revisão
Laura Folgueira
Vitória Oliveira Lima

Projeto gráfico e diagramação
acomte

Imagem de capa
Unsplash.com (Martin Krchnacek)
Freepik.com (Photoangel)

Dados Internacionais de Catalogação na Publicação (CIP)
Angélica Ilacqua – CRB-8/7057

La Corte, Nelson de
　Alma de ouro / Nelson de La Corte. – São Paulo : Labrador, 2020.
　232 p.

　ISBN 978-65-5044-050-3

　1. Ficção brasileira 2. Ficção histórica I. Título

19-2820　　　　　　　　　　　　　　　　　CDD B869.3

Índice para catálogo sistemático:
1. Ficção brasileira

EDITORA
Labrador

Editora Labrador
Diretor editorial: Daniel Pinsky
Rua Dr. José Elias, 520 – Alto da Lapa
05083-030 – São Paulo – SP
+55 (11) 3641-7446
contato@editoralabrador.com.br
www.editoralabrador.com.br
facebook.com/editoralabrador
instagram.com/editoralabrador

A reprodução de qualquer parte desta obra é ilegal e configura uma apropriação indevida dos direitos intelectuais e patrimoniais do autor.

A Editora não é responsável pelo conteúdo deste livro.
Esta é uma obra de ficção. Qualquer semelhança com nomes, pessoas, fatos ou situações da vida real será mera coincidência.

*Aos meus. Todos personagens
desta secular viagem, que a pena,
diferentemente da vida, permite
ser tantas vezes de ida e volta.*

*A Pol Pilven, "partisan" bretão,
resistente, matrícula 41714 do
Campo de Concentração de Dora.*

Livro, quando te fecho, abro a vida.

Ricardo Eliécer Neftalí Reyes Basoalto,
desde 1923 Pablo Neruda (1904-1973)
em homenagem ao poeta checo
Jan Nepomuk Neruda (1834-1891)

Sumário

I. ANTES DE TEREZÍN 11
1. Yonathan 13
2. Reuben 31
3. A guerra das guerras 49
4. Reuben e Shoshana 63
5. Ilana e Benyamin 81
6. Certezas e incertezas 103
7. O golem 121

II. TEREZÍN 141
8. *Nel mezzo del cammin*... uma pedra 143
9. O reverso da moeda 161
10. Dora 179

III. DEPOIS DE TEREZÍN 197
11. Deus, a moral e a tragédia: criações humanas 199
12. Alma de ouro 215

I
Antes de Terezín

1
Yonathan

Quando ele morreu, foi um alívio para a família. Anos e anos entrevado naquela velha cama que havia sido, como costumava dizer, quando a lucidez ainda lhe permitia racionalizar, seu último baluarte contra a morte. A luta fora longa e impertinente. A guerra mal tinha acabado e o país ganhava, após o longo período em que em Viena e Budapeste reinaram os Habsburgos pelo vasto e rico território que ia da Boêmia à Dalmácia e da Áustria aos confins dos Cárpatos, uma identidade que nunca tivera: a de uma República independente que unia povos com línguas diferentes, como checos, eslovacos, morávios, alemães e húngaros. Ele praticamente não chegou a participar da euforia que varreu a cidade onde nascera 51 anos antes. Caiu enfermo quando os tempos se acalmaram, como se a trajetória pessoal de sua vida tivesse que ser marcada por simbolismos históricos.

Nascera com a criação do Império e iniciara o perigeu existencial com o seu fim. Viveria os anos seguintes sem mais estar no comando de seu velho barco, na dependência dos cuidados de filho, esposa e nora, que assumiriam o leme da oficina e da casa, reproduzindo, como que automaticamente, os ciclos das gerações precedentes. Mal pôde conhecer os dois netos, pois a perda da capacidade de controlar o tempo e de definir as posições ocupadas pelas pessoas no âmbito doméstico rapidamente qualificaram a esgarçadura de seus referenciais mais elementares. Apesar da passagem desde o início mais que anunciada, deu trabalho a muitos por um tempo cuja demora ultrapassou todos os desejos e todas as resistências.

Ele não era tão velho assim, mas o lento, permanente e insidioso envenenamento desde sempre o havia avisado que dele não poderia fugir, como, aliás, não fugiram tantos outros acostumados a lidar com aquelas alquimias. Chumbo, alumínio, mercúrio, ferro, ouro, prata levaram-no a uma demência precoce, sem volta. A combinação desses metais, obtida com as mais diferentes doses e composições, depois da produção dos pós e das fundições, criava na atmosfera do antigo barracão dos fundos, onde ficava a oficina, um ambiente de misterioso ar interior, cujo cheiro inebriava e entorpecia os que por lá passavam. A forja, os almofarizes e os cadinhos se misturavam a grosas, adastras, limas, pilões, bigornas e balanças, compondo um conjunto de petrechos que, sobre as bancadas, dava um ar de ateliê de pintura à espera de alguém que viesse imortalizar aquelas composições aleatórias em cenas de natureza morta. Anos e anos produzindo peças para os relógios, criando, com a manipulação minuciosa que as lentes de aumento lhe permitiam, as belas joias cobiçadas por uma burguesa freguesia cativa. Anos e anos recompondo mecanismos de máquinas as mais diversas, que artesãos e industriais lhe encomendavam, proporcionaram a ele o sustento da família, o tempo livre para as orações na sinagoga e aquilo que, talvez, tenha sido a parte mais importante de sua vida: a possibilidade de participar, nos finais de semana, dos recitais de música folclórica e erudita juntamente com os integrantes da orquestra da cidade. A ourivesaria e a pequena metalurgia eram o pão e a criatividade materialmente duradoura. A música, a satisfação de uma alma inquieta, repleta de desejos, de sonhos e inclinada a encantamentos.

O velho contrabaixo, herança familiar que se perdia num passado nebuloso, era o veículo das manifestações sublimes que emanavam de uma delicada e, ao mesmo tempo, enorme mão e de um alto e magro corpo, de onde saía uma imensurável capacidade de expressar o belo. Não havia quem não o admirasse. A música era como um fio de Ariadne que o levava ao labirinto de seu passado familiar, às lembranças infantis, todas elas locadas no velho gueto, onde eram comuns as ruelas escuras, de atmosferas escassas e malcheirosas, repletas de cortiços miseráveis divididos entre uma população numerosa e promíscua, foco de doenças e de altos índices de mortalidade.

Tudo isso ainda estava lá, impondo-se a um tempo secular de reprodução de suas identidades. Agora, já não havia mais as muralhas nem a ostensiva separação étnico-espacial. O confinamento e o território, feito reservas isoladas, hoje estavam mascarados pela permissão à permeabilidade, esta simuladora dos mesmos apartes e preconceitos. Não havia mais muros fisicamente separadores nem a abjeta e ostensiva repulsa pessoal. A intolerância, agora, era mais cruel, pois escondida, disfarçada, não mais franca, deliberada e posta. *O interesse dos donos do poder, como sempre, arruma justificativas hipócritas e dissimuladas, objetivamente aceitáveis, para impor suas vontades.* Aquele espaço, bem no coração da velha cidade, havia adquirido novos valores no plano de uma urbanização voltada para um tempo em mudança, movida agora por uma etapa da evolução presa ao capital, ao dinheiro, ao imediatismo da ganância oportunista e aética. Resistiram ao desmonte, entretanto, na Rua Pařížská, a Antiga-Nova Sinagoga; na Dušní, a Sinagoga Espanhola; junto à Široká, a Maisel, a Pinkas, a Klausen, verdadeiras "Glórias entre os Templos"; o belo prédio da prefeitura; além do Antigo Cemitério Judaico com suas 12 mil lápides e suas diversas camadas superpostas de sepulturas, monumentos únicos nesse centro europeu a evocar uma rica história de criação, reprodução cultural, sustentação de valores numa atmosfera de defesa contra o preconceito e a apartação. Não que tenha sido um ato ou resolução discriminatória contra um povo ou uma etnia. Não! O interesse dito modernizador foi, acima de tudo, especulativo. Com a legenda do saneamento e do espírito modernizador, por um decreto de 1893, erradicou-se, de 1897 a 1917, o que havia sido preservado da milenar história do antigo bairro judeu e a de boa parte do bairro cristão extramuros, espaços que davam à margem direita do Vltava, junto ao cotovelo do rio, entre as pontes Cechuv e Manesuv, à jusante da imponente Karlova, seu fulcro de marco-zero de assentamentos de comunidades antagônicas e complementares que coabitaram por mais de dez séculos o mesmo pedaço da cidade. De qualquer forma, ainda estavam lá um pouco desse mundo gótico, renascentista, barroco e o que de moderno lhe foi incorporado pelas edificações de fachadas *art nouveau* do começo do século XX, além de muitos descendentes de suas famílias "originais".

Yonathan nasceu e viveu no gueto até seu desmanche. Lá cresceu, forjado pelo esforço precoce de uma existência cooperativa, em que estudo, religião e trabalho eram obrigações naturais predeterminadas pela já desgastada repetição de tradicionais mecanismos sociais funcionalmente protetores. Lá aprendeu o ofício da pequena metalurgia, da trabalhosa e paciente ourivesaria, da arte que o fez, pelo pendor matemático e respeito precoce aos mecanismos que admirava na natureza, um mestre relojoeiro conceituado na comunidade e em seu entorno. Lá constituiu família. Com Avigail, fecundou uma árvore de tronco resistente de onde, cedo, brotou Reuben, seu único galho. Três terços de uma unidade sólida, na qual amor e consideração sempre foram o alimento de seivas magnânimas. Unidade pequena que continuamente ousou transbordar em generosidade participativa por toda a comunidade. Se o dever era a tônica familiar, que dava ao trabalho uma aura mística de santidade, a religião era o bem maior a ser cultivado, já que a obediência aos preceitos maiores da Torá[1] e do Talmude[2] guiava as ações reprodutoras de costumes e tradições, tidos como lei e como libertação emancipadora. A casa, a oficina e a sinagoga eram extensões de um mesmo território comandado pelo absoluto respeito ao sagrado. Nele, as crenças e os valores, determinados tanto pelos textos quanto pelas heranças obtidas por uma oralidade consolidada, estavam presentes nas ações, fossem elas quais fossem, pois nada que emanasse do divino, que todos encarnavam por terem sido os escolhidos, deveria deixar de estar resguardado por fundamentos transcendentes que o arbítrio não haveria de ferir.

Essa postura de certo dogmatismo em considerar uma ou outra leitura dos preceitos como a mais correta ou pertinente, que gerou grupos apartados de fiéis com níveis e qualidades de ortodoxias diferenciadas, sempre esteve, entretanto, permanentemente atenta às necessidades de adaptações às formações socioeconômicas engendradas pela história, dentro das quais se inseriram organicamente. Por consequência, esses grupos, constantemente encontraram lugares específicos de atuação, seja no plano social ou cultural, assim como descobriram ou inventaram brechas interpretativas para que pudessem funcionalmente existir como entidades étnicas distintas, repositório que foram de uma massa considerável de interesses e

---

1 Primeira parte do livro que contém as leis mosaicas, as escrituras religiosas judaicas, também conhecida como Pentateuco.
2 Um dos livros básicos da religião judaica. Complemento da Torá, contém a lei oral, a doutrina, a moral e as tradições dos judeus.

costumes. Seguindo suas doutrinas e crenças, puderam, assim, preservar suas heranças culturais nesses 57 séculos, desde que o Princípio Uno, o YHWH, o Tetragrama se revelou a Abraão, como já o havia feito anteriormente a outros "justos", como entidade espiritual exclusiva, monolátrica, sintética, divindade única, indivisível. Ficaria a cargo de seus profetas anunciar ao mundo os desígnios dessa deidade, D'us. Um Deus Ocidental, cuja mensagem ganhou corpos de entidades distintas, religiosamente organizadas, com o reconhecimento de Moisés, Jesus, Maomé e o Báb,[3] por maiores ou menores espectros populacionais, controlados por interesses e poderes político-espaciais específicos.

Todo domingo, após a cerimônia religiosa de que participava com a família na Antiga-Nova Sinagoga, Yonathan, sem retirar o quipá de sua cabeça, trajando seu indefectível terno preto especialmente adequado a essa hora, dirigia-se apressado para a Sinagoga Espanhola, duas ruas acima, no sentido de se juntar aos seus companheiros de orquestra para mais uma apresentação de parte de um rico repertório de músicas, onde o folclore e o erudito repartiam um tempo que, internamente a ele, ainda dava sequência ao clima litúrgico da cerimônia anterior. Embevecido, parecia fazer da linguagem musical a expressão dos sentimentos deixados na orfandade pelas incapacidades do pensamento de elevá-lo ao "criador", que as práticas realizadas pouco antes na mais tradicional sinagoga da cidade não haviam sido capazes de concretizar. Nessa hora, as amplas galerias do belo templo, abertas para a nave principal, já se encontravam repletas, como sempre, por uma plateia de compromissados ouvintes de procedências diversas, tanto no plano do-

---

3 Fundador da fé Bahá'i, que preconiza a unicidade de Deus, das religiões e da humanidade.

miciliar, dos credos, das idades, quanto dos estratos sociais e das afinidades políticas. Era, talvez, o concerto mais procurado pelos habitantes da cidade, pois aberto a todos, sem distinção, oferecido em dia e horário mais compatíveis com a disponibilidade dos ócios, ainda raros naqueles tempos. A orquestra, ocupando o quadrado da área central, ganhava uma posição de maior majestade dada pela conjunção do papel desempenhado pelo vazio superior que a separava da grande cúpula e pela iluminação dos inumeráveis menorás e chanukiás.[4] A sonoridade da orquestra recebia a amplificação natural provocada pelas felizes e aleatórias combinações de paredes, colunas, arcos, vãos e abóbadas e parecia organicamente completar o espaço interior, contido no projeto mourisco do arquiteto Vojtěch Ignác Ullmann, com a reverberação da harmonia dos sons que o maestro extraía de sua partitura verticalizada.

Quando em vez, o velho órgão, que muitas vezes havia servido de inspiração ao grande músico e instrumentista František Jan Škroup, no espaço da Escola Antiga que ocupara até a metade do século XIX aquela mesma área, associava-se às cordas e madeiras da orquestra para dar àquele ambiente uma atmosfera de indefinida sublimação, só passível de ser obtida através das atividades intelectuais, religiosas ou artísticas. A música era um dos canais das manifestações, juntamente com a literatura, que cada vez mais enaltecia a personalidade boêmio-morava, importante instrumento de um movimento emancipatório que se difundia pelo corpo social e na consciência das pessoas. Era comum ouvir-se a "Minha Pátria" (Má Vlast), de Smetana, ou somente sua parte mais

---

[4] Candelabro de nove braços originalmente usado apenas no feriado de Chanuká, a Festa das Luzes. O menorá é o candelabro de sete braços, um dos símbolos do judaísmo, como a Estrela de Davi.

apreciada, "O Moldava" (Vltava). Essa espécie de pregação "surda", subliminar, sempre percorria peças inteiras ou trechos há não muito tempo produzidos por Dvořák, que havia caído na estima orgulhosa de um público que via seu sucesso na América do Norte como uma pregação patriótica. Era comum seus poemas sinfônicos, como "Meu lar", "O espírito das águas", as "Danças eslavas", a suíte "Tcheca", aparecerem na programação a destacar o colorido e a riqueza de suas melodias.

Yonathan era um entusiasta desses dois compatriotas que, na esteira do romantismo alemão e na temática do folclore eslavo, davam às composições nacionais o status de grandiosidade já presente na Alemanha e Áustria, por exemplo. Apesar disso, o sentimento de nacionalidade exaltado por eles passava ao largo de suas simpatias. Era ele um respeitoso súdito do Império. Não tinha por que batalhar por novas arquiteturas sociais. Estava seguro na sua vida de pequeno empresário-artesão, devido ao progresso material trazido até ele pelo projeto federalista do Príncipe-Rei Francisco José I, dado seu alinhamento à política externa da Alemanha. Não se metia em política, como costumava dizer, mas sabia que esta era uma boa desculpa para garantir a posição ideológica que lhe interessava. Era pragmático. Talvez esse sentimento de defesa tivesse raízes numa herança que a história haveria de não desprezar. Expulsões, diásporas, perseguições eram componentes de uma carga pesada de condicionamentos comportamentais. Ignorava ser um cohen, um levi ou um yisrael.[5] Nem sabia direito se era um asque-

---

5 Cohen, levi e yisrael são as três classes em que são divididos os judeus. Os cohen (cohenin) – sacerdote em hebraico – são todos descendentes de Aarão, o primeiro sacerdote. Realizam serviços especiais na sinagoga. Os levi (leviin) são descendentes de Levi. Também têm destaque nos trabalhos do templo. Os yisrael são os demais da nação judaica.

nazim[6] ou um sefardim[7], pois estes haviam se juntado numa única comunidade nessas terras centrais da Europa num tempo em que as disputas religiosas no interior do cristianismo ainda levavam a lutas e guerras. Apesar de à margem delas, não ficaram, contudo, livres da discriminação, pois outros eram seus credos. Até a liberalização das crenças, já no reinado de Josef II, na segunda metade do século XVIII, suas comunidades foram obrigadas a viver confinadas e se identificar publicamente por símbolos em suas roupas. Mal conseguiam imaginar que um dia poderiam vir a ser marcados em suas peles. Enfim, Yonathan era um produto cristalizado pela história, o que não o impedia de alimentar um caráter de solidariedade cotidiana, entendendo que o dia a dia oferecia a oportunidade da prática da bondade, da benevolência e da caridade solidária, já que a vida, na sua dimensão humana mais elementar, sempre exigiu o pão, a água e o abrigo corporal, fundamentos materiais da sobrevivência.

Era nesses momentos, em que a maioria dos espectadores se voltava para dentro de si mesmos, que, desde menino, Reuben se desgarrava de sua mãe para fugir da obrigação imposta pela casa de acompanhar de perto a performance do conjunto musical do qual orgulhosamente o pai participava e, assim, fazer o que mais gostava naquelas horas. Perambular pelo interior do templo, envolto nos sons que ouvia mais para cumprir o compromisso doméstico, e se deixar extasiar pelos arabescos e pelos motivos orientais coloridos que revestiam em afrescos e entalhes todos os planos, fossem eles paredes, colunas ou portas. Costumava parar mais tempo diante

---

6 Asquenazim ou asquenazita é o nome dado aos judeus cuja ascendência remonta às comunidades da Europa Central e Oriental.
7 Sefardim ou sefardita é o nome dado aos judeus cuja ascendência remonta às comunidades da Península Ibérica e adjacências.

dos vitrais sem nunca ter conseguido definir se a luminosidade e o colorido de cada pedacinho de vidro era atributo próprio de cada um ou o resultado da combinação entre eles. Seu pendor artístico vinha, sem dúvida, da obrigação exacerbada de conviver em casa com a arte e com o ofício, coisas que se interpenetravam. Mas não havia dúvida também que eram aquelas manifestações estéticas, que se podiam apreender com as mãos e com os olhos, as que mais falavam dessa inclinação. Não que não admirasse a música. Sabia que seu pai tudo fazia para ele se afeiçoar ao contrabaixo, numa insistência com as lições que chegava a aborrecê-lo. A parte teórica até que o encantava, pois trabalhava bem com os conceitos e raciocínios matemáticos em que conseguia converter as partituras. Não se sentia confortável era com o tamanho e o peso do instrumento a lhe exigir posturas atléticas e combinações de força e movimentos sempre em dissintonias. O instrumento ia, de fato, para ele, pelo menos até sua puberdade, um pouco além da compatibilidade entre seus tamanhos. Ele não conseguia trabalhar, como o pai, com a naturalidade existente entre os iguais. Não era à toa que o pai dizia que existiam contrabaixos de diferentes portes, exatamente para que não houvesse nem rejeição ergonômica nem a criação de dificuldades em retirar do instrumento aquilo para qual destinação havia sido construído. Para o pai, não. Ambos eram do mesmo gabarito, como se houvessem sido feitos um para o outro, muitas vezes fundamento também para dois bons amantes, seguramente. O pai, austero como sempre, quando das insuperáveis passagens por ele enfrentadas, esforçava-se para não ralhar. Ele sabia disso e a cada obstáculo na leitura ou execução se enchia da sensação de que o pai o amava como nunca. A certeza disso vinha com a paciência, transformada em tolerância quando das reiteradas e contumazes insuficiências. Reuben pressentia que a dedicação obstinada do pai com aquela instrução reiterada tinha muito a ver com uma herança que desejava legar-lhe. Mas, também por isso, fazia de tudo para garantir ao pai que, no mundo, lhe tomaria o lugar, sim, mas o de artesão ourives, relojoeiro, e que cumpriria uma promessa interior que alimentava, aquela que ainda em vida o haveria de fazer orgulhoso pela sua capacidade de superá-lo em qualidade. Seus dedos meninos já haviam sido capazes de produzir coisas delicadas objetivamente duráveis. Será que o pai não havia ainda percebido essa sua qualidade quando ele foi capaz de produzir sozinho a peça que voltou a dar vida ao Orloj, quando a parte mecânica de seu mostrador astronômico apresentou aquele defeito pela primeira vez em mais de quatro séculos de vida? Lógico que sim, admitiria mais tarde, no jantar cerimonioso após o banho do B'nai Mitzvá, o rito de passagem da admissão de sua maioridade que o faria, dali para frente, responsável por seus passos na vida e pelo respeito autônomo pelos preceitos da halachá,[8] quando o pai usou da palavra para dizer coisas que Reuben jamais deixara de considerar como a maior expressão do amor daquela alma boa para com ele.

Naquela tarde de domingo, aos 13 anos, ele deu formas concretas ao tamanho da alma do pai. Como único filho, não o primeiro como havia sido o de Jacó, Reuben teve uma lição de vida que levaria consigo para sempre. Seu pai lhe disse, na frente de todos que ali estavam, que ele, filho maior agora, deveria seguir suas inclinações e amores da maneira mais honesta consigo mesmo, refutando as imposições de terceiros se estas fossem julgadas por ele castradoras ou subordinadoras. Que o valor das ações e do trabalho devia ser procurado nas convicções e estas na permanente

---

8 A lei judaica. A maneira de observar as crenças, as práticas religiosas e as condutas do dia a dia eticamente a elas ligadas.

busca do entendimento do papel que se quer ocupar no mundo, entendido este como um projeto para os homens, em seu plural. Caberia a ele definir que mundo seria este e a que projeto ele soberanamente submeteria o seu trabalho. Teria que fazer com amor o que fizesse. Imediatamente se sentiu, ao mesmo tempo, responsável e aliviado. Havia entendido que ganhara a liberdade de decidir sobre o seu melhor. Que o contrabaixo não era o importante, podendo até deixar de interagir com ele. Que o guardasse consigo, no futuro, como um objeto de arte, como de fato era. Mas que colocasse no seu lugar algo que pudesse carregar sua identificação e, se possível, de forma a levá-lo a se sentir superior a si mesmo, sublimando-se. Daquele dia em diante, transformou a oficina em sua casa de criação. Procurou dar a tudo que realizava o melhor de sua capacidade inovadora que, aliás, o tornou cada vez mais solicitado tanto pelo pai quanto pelos que procuravam perfeições.

A obediência que Yonathan devotava às normas que vinham do Estado o fez entender como aceitável o que, na verdade, era reputado por muitos como uma violência. O desmanche do gueto foi um golpe quando a família teve que deixar a velha casa, no coração do Josefov, e se acomodar em outro local, fora de seu universo natural de relacionamento. Não foram fáceis os dias que se seguiram à compulsória mudança, mesmo que tivesse vindo acompanhada de promessas impalpáveis de que um retorno, após os trabalhos de saneamento, estivesse nos planos oficiais. A guerra, que se inicia logo depois da mudança, veio provocar um aumento ainda maior do grau de insegurança no interior da família. O abatimento de Yonathan passou a ser visível, como a predizer um futuro ainda mais sombrio. A mãe e o filho, apesar de também golpeados, multiplicaram-se em cooperação e tolerância para fazer o fardo menos pesado.

Com a ajuda de outros, retirantes também, encontraram acomodações em uma não menos velha edificação de habitações coletivas num pedaço da cidade não muito longe dali, na pequena Rua Na Struze, junto ao Moldava, na parte sudoeste de Staré Město. A nova moradia deitava raízes no mesmo lado do rio, o que dava um ar de consolo de não ter visto dilacerado o orgulho de pertencer aos Městos,[9] cujo significado histórico da vida de seus habitantes conferia àquele lado da cidade, dentro do todo urbano, um ar de certa identificação territorial. *Nós somos os do lado de cá*. Os de lá tinham outras identidades simbólicas, concretizadas no interior da história de sua ocupação e da destinação funcional dada a certas áreas e a certos conjuntos arquitetônicos. Suas colinas, situadas logo após transposto o rio, vinham logo depois de uma estreita faixa plana, onde não mais que três longas ruas paralelas ficavam espremidas bem junto à margem esquerda das calmas águas que ali criavam uma sucessão de pequenas ilhas em flechas. Era uma área menos vibrante, mais burocrática e aristocrático-burguesa. Os amplos espaços verdes dos bairros de Hradčany, Malá Strana e Smíchov davam a esse oeste certo ar de modernidade, rompido apenas pelo antigo núcleo central, em posição defensiva no alto da colina maior onde, desde o século IX, erguera-se a cidadela do Príncipe Bořivoj, da dinastia dos Premíslida.[10] Essa foi a primeira manifestação nuclear permanente a comandar os feudos carolíngios, aquela que viria a ser o nascedouro da principal cidade da Boêmia, que logo se expandiu graças à posição de encruzilhada de rotas ligando o leste e o oeste da Europa. Esse sítio defensivo e essa posição de con-

---

9 Město, em checo, significa cidade. Na capital, os Městos são dois bairros do centro, à margem direita do Rio Vltava, ou Moldava.
10 Primeira dinastia checa que, no século X, conseguiu a independência da Boêmia, antes pertencente ao Reino da Grande Morávia.

trole visual sobre as terras circundantes perpetuariam a qualidade desse domínio topográfico com a sucessão de outras fortificações erigidas no mesmo local. Em 1541, a construção ganhou seu estilo renascentista, incorporando reformas neoclássicas em meados do século XVIII, ao lado da preservação de capelas, salões, torres de outras épocas de sua história. O que aí chamava mais a atenção era a imponente catedral gótica, a Katedrála Sv. Víta – Catedral de São Vito, que emergia do interior do castelo, última morada de diversos reis, obra patrocinada por Carlos IV que, a partir do século XIV, veio a substituir a antiga basílica romanesca do século XI, mandada construir pelo Príncipe Wenceslau, o "Bom Rei".

Assim que se instalaram na nova casa e que remontaram a oficina, cerca de 400 metros adiante, sob os arcos da antiga passagem da Rua Dittrichova, o herdeiro do trono imperial, Francisco Ferdinando, Arquiduque da Áustria-Hungria, e sua esposa Sofia foram assassinados em Saravejo. Era 28 de junho de 1914. Yonathan, nos seus 47 anos, dilacerado em seu orgulho pessoal por não ter conseguido voltar às terras de Josefov como esperava, agora, com o deflagrar da guerra que acabaria com o Império dos Habsburgo, viu mais um de seus sonhos, como o da herança musical que não legara a seu filho, esboroar-se em incontáveis fragmentos, tal reduzida sua esperança numa prenunciada debilidade física.

Avigail, que dificilmente saía da clandestinidade da vida reclusa a que sempre sua submissão a levara, foi forçada a entrar mais ativamente na história da família, desentrincheirando-se, num momento em que não tinha mais condições de dominar a frente de luta. Sua condição de mulher lhe entregava, por tradição, a exclusividade da prática religiosa ativa somente no seio da sua esfera privada. Na sinagoga, não passava de expectadora, indo inclusive se acomodar em lugar separado dos homens para não os atrapalhar a concentração. Mas, em casa, reinava quase que absoluta na educação do filho e na condução dos rituais religiosos, como responsável pelas prescrições que envolviam a trabalhosa preparação dos alimentos. Era ela quem nos finais das tardes de sexta-feira saía até a calçada da rua para entregar, ao primeiro necessitado que passasse, seu modesto óbolo, e logo voltava para acender as velas, em número de três, após a vinda do filho, no início do shabat,[11] período que sempre se estendeu até a tarde do sábado, no qual se descansava, se meditava e se guardava jejum. E era ela, evidentemente, quem tomava a iniciativa de separar-se de Yonathan toda vez que menstruava.

Apesar de a comunidade da qual a família participava já dar claras demonstrações de que era necessário ousar uma interpretação mais liberal dos preceitos do Talmude, fugindo do lastro ortodoxo conservador, ainda o peso da tradição atuava como cerceador de muitas modernidades. A falta, na religião judaica, de um organismo normativo centralizador propiciava à liderança de sua sinagoga certa liberdade de se ajustar aos valores de uma sociedade que se revolucionava e assistia a mudanças aceleradas em toda a sua contextura. Isso facilitava plastificar os seus direitos e deveres como mulher, que já sinalizava para uma maior participação sua nas atividades religiosas dentro da sinagoga. Passava, assim, a dividir com Reuben, ele no alvorecer de seus 20 anos, a tarefa de comandar a casa, o trabalho na oficina, a freguesia sempre exigente e má pagadora e a doença do pai, em evolução a sugerir dramáticos efeitos.

A madurez do filho, rapidamente sazonada quando ainda adolescente, abreviou a decisão de buscarem outro local para morar,

---

11 É o dia do descanso semanal no judaísmo. Simboliza, no Gênesis, o sétimo dia, após os seis dias da criação.

tal a precariedade do espaço que ocupavam desde a saída de Josefov, o bairro judeu. Reuben, sabedor de que a família havia amealhado certos bens durante toda uma vida de parcimônia e ascese, acumulação da qual há muito vinha participando como dedicado colaborador, decidiu, como a romper um compromisso cultural, deixar de ser leal ao pai e, buscando uma vida de maiores usufrutos materiais, locar uma moradia mais confortável e mais sã, onde todos pudessem desfrutar do conforto maior que mereciam, mesmo que Yonathan viesse rapidamente a perder, como perdeu, qualquer condição de beneficiar-se da apreensão consciente desse maior bem-estar. A oficina continuaria no mesmo lugar, lá debaixo dos arcos da antiga passagem da Rua Naptavini, no limite sul da Staré Město, a Cidade Velha, tradicional repositório de uma grande sucessão de oficinas artesanais, que deram a ela o caráter de espaço de produção criativa de afazeres de raízes centenárias, a lidar com matérias que vinham dos três grandes mundos da natureza. Ferreiros, carpinteiros, moleiros, ourives, ceramistas, sapateiros, chapeleiros, peritos em cristais, padeiros, oleiros, pedreiros, seleiros, *luthiers*, alquimistas, enfim, o bairro do trabalho. Assim, iria embora uma parte das históricas economias familiares, mas o pai teria, no fim da vida, um leito de morte mais digno do que os catres em que, seguramente, sofrera em suas noites de descanso. O entesouramento em metais e peças de arte de relativo valor havia garantido uma participação ativa do pai na vida comunitária, repleta de atos de bondade, tolerância e benemerência. Em casa, a disciplina rigorosa em tudo que praticava e que o havia feito um crente fiel, um mestre artesão competente e um músico respeitável, resultara em um ambiente de modestos arranjos e até de sobrevivência em precárias condições. O filho, que já via o mundo com as perspectivas que o progresso material indicava com a rapidez dos falcões, oriundo das revoluções na tecnologia de produzir o novo em atividades as mais diversas, e já fazia água em muitas das especialidades que os mestres artesãos haviam consolidado, via, na desgraça da guerra declarada e na declarada desgraça da doença do pai, a necessidade de decidir sobre o que fazer para se ajustar a um novo tempo que já marchava em acelerado.

A nova moradia, espaçosa para os padrões anteriores, ficava no segundo andar de um dos muitos edifícios construídos no final do século XIX e no começo do XX no além rio, lado novo da cidade, na saída para Pilzen. Fazia esquina, na Rua Lidická, com a Praça Bozděchova. Até chegar à oficina teria que cumprir diariamente um percurso de cerca de 600 metros pelo caminho natural da Ponte Palachého. Sozinho agora para dar conta dos afazeres profissionais, num mercado cada vez mais configurado pela guerra em desenvolvimento, começou a pensar seriamente em se acercar de maiores seguranças. Dentre elas, a situação doméstica apontava com insistência para a necessidade de uma colaboração feminina que viria suprir um arco de afazeres e papéis, dentre os quais aqueles exigidos pela maioridade biológica. A busca de compreensão dos motivos que estavam levando uma multiplicidade de nações a se confrontar numa conflagração continental, envolvendo algumas centenas de milhões de pessoas das quais a maioria, seguramente, estava distante de qualquer interesse que pudesse ser satisfeito por ela, vinha lhe dando uma visão um tanto cética em relação às razões oficiais de que se sentia alvo no seu dia a dia. O despertar para uma análise mais crítica e independente do transcorrer da história que estava vivendo apontava-lhe para entendimentos que se distanciavam do conformismo ingênuo. Foi se afastando dos compromissos religiosos, cuja substância já não mais o satisfazia. O mundo espiritual, assim como o material, já merecia outros tipos de referenciais. A "Cidade Dourada" ganhava mais um simpatizante da causa nacionalista, movimento que há muito servia de base a uma oposição à monarquia que iria desaguar, após a Primeira Guerra, na formação da Primeira República, em 1918.

2
Reuben

Numa manhã de um abril bastante gelado, Avigail, com seus 20 anos ainda incompletos, foi até o barracão dos fundos do "*cour carré*", pátio que servia de entrada a várias moradias da comunidade, para avisar ao bom Yonathan que estava na hora de ir chamar a velha Chaya para acompanhá-la no processo de dar à luz o primogênito. Havia passado uma madrugada indisposta, mas não quisera se adiantar aos preparativos, pois sabia que o marido precisava de um sono ininterrupto para suportar o ônus do duro trabalho de todos os dias. Yonathan, surpreso com a presença da esposa àquela hora na sua oficina, imediatamente atendeu ao seu pedido e saiu rogando a Avigail que tomasse cuidado com as escadas na volta para casa. A passos largos, alcançou a Rua Kozi, no quarteirão junto ao rio, e não demorou quase nada para trazer pelas mãos, já trêmulas naquele momento, aquela boa senhora que tanta luz havia proporcionado a vários da comunidade naquele esquecido pedaço do mundo. Não foi difícil, depois disso, para Avigail, muito menos para Chaya. A aparente fragilidade das mulheres sempre foi apenas uma sábia camuflagem da natureza. Quem mais precisou de cuidados foi o "corajoso" e empedernido artesão, que Chaya, sabedora da fraqueza dos homens, soube acalmar com uma boa dose de chá de romã, que, aliás, servia também como início da dieta para uma próxima fertilização sempre esperada. Demorou um pouco para Avigail se transformar em mãe de um rebento homem. Afinal, era o primeiro filho, aquele que romperia sua condição de virgem, segundo a tradição. Já passava das seis da tarde quando o contentamento, dado ao alívio da dor e ao orgulho da reprodução exitosa, tomou conta de todos.

O fato de sentir-se orgulhosa de ter dado à luz a uma criança sadia misturou-se, num primeiro momento, à decepção de não poder decidir sobre seu nome, já que ficara firmado que, se homem, caberia ao pai escolher como chamá-lo. Aliás, há muito já estava escolhido. Seria Reuben, como o primeiro da prole de doze de Jacó. Estaria assim cumprida uma dupla obrigação. A de dar um nome constante da Torá, que implicava em satisfazer a lei judaica através desse elo hereditário com a história de um povo, e, ao mesmo tempo, homenagear aquele que houvera sido o patriarca de uma das tribos de Israel. Yonathan preferiu que fosse assim, no lugar de ter que ir buscar um nome na sua genealogia, um tanto nebulosa, a quem quisesses homenagear ou, simplesmente, evocar inspirações, como acontecia com muitos.

Com oito dias de vida, a família e seus amigos mais próximos, tendo à frente a velha Chaya, madrinha de tantos e que, mais uma vez, fazia o papel de Sandec,[12] compareceram à sinagoga para a cerimônia do Brit Milá,[13] quando foi dado oficialmente o nome à criança e praticada a circuncisão pelo Rabino-Mohel,[14] como 4 mil

---

12 Pessoa que segura a criança durante a circuncisão. Deve sempre ser alguém de grande estima da família ou da comunidade.
13 Nome dado à cerimônia religiosa, dentro do judaísmo, na qual o prepúcio do recém-nascido é cortado. É nela que o menino recebe seu nome.
14 Pessoa que corta o prepúcio do menino na cerimônia do Brit Milá. Se o pai da criança souber fazê-lo, geralmente não é permitido que delegue a função a outra pessoa.

anos antes. O pai, sempre convidado, não se sentiu à vontade para fazê-lo, mesmo sabendo que o ritual do oitavo dia de vida estava relacionado ao momento em que os níveis dos agentes da coagulação do sangue atingiam as maiores proporções no corpo da criança, o que evitava sangramentos prolongados e abreviaria a cicatrização. Sua sensibilidade de artista o levava facilmente a ser envolvido por episódios de empatia.

Muito embora Reuben tenha vindo ao mundo numa quarta-feira, o fato do nascimento ter ocorrido após o pôr do sol levou a contagem dos oito dias requeridos pela tradição a iniciar-se no dia seguinte, pois, para a comunidade, o dia começa com o poente. Essa a razão de ter sido "batizado" na quinta-feira seguinte. Apesar de não ter comparecido, como de hábito, Avigail fez questão de acompanhar, no mesmo dia, Yonathan no plantio de uma pequena muda de cedro nos fundos da sinagoga, a desejar a Reuben altivez e força, para que fosse uma bela árvore do campo. Coincidência ou não, era primavera, a fase anual do Tu Bishvat, o ano novo das árvores. Foram para casa e, numa cerimônia íntima com os acompanhantes, tomaram chá e comeram dos sete tradicionais frutos, mitologicamente extraídos da fase pródiga da produção anual de seus ancestrais pastores e agricultores: trigo, cevada, uva, figo, romã, azeitona e tâmara – esta, por simbólica metáfora, substituta do mel.

Reuben conviveu em seus primeiros anos com o clima tenso instalado na casa pela pressão exercida pelo desmanche iminente do velho Josefov. O inconformismo do pai e a amargura da mãe seguramente não foram boas companhias em seu despertar para o mundo. O pai, cada vez mais fora de casa, refugiava-se nas bancadas da oficina e, quando em casa, nos exercícios musicais no contrabaixo, trancado na apertada edícula junto à cozinha. Não era difícil perceber a tristeza que emanava das almas do casal, numa distante solidão estabelecida na proximidade dos corpos. Isso veio a se consolidar, como robusto quadro provocado, quando Chaya, após alguns anos, reiterou, com segurança, sobre a impossibilidade de Avigail repetir o que tinha sido Leia, ou Raquel. Seria, em definitivo, uma árvore de um único fruto.

O barro disforme da alma humana infantil, nesse ambiente criado por duro conformismo, foi sendo moldado através dos estímulos que a ambientação material sempre vai colocando à disposição dos mecanismos cinzeladores dos sentimentos. Assim, não demorou muito para a pequena criança ir juntando peças de seu quebra-cabeça interior, como aquelas da associação entre a música e o instrumento do pai com o abatimento triste dos rostos à sua volta. A música, em lugar de atraí-lo e embevecê-lo, provocava certo sentimento de exclusão, com a figura do contrabaixo a lhe roubar a presença do pai. Com a oficina, dava-se exatamente o contrário. Até a idade em que os afazeres escolares ainda não lhe tomavam nenhum tempo, vivia na permanente ansiedade de acompanhar o pai até as bancadas de trabalho. Lá, sim, estava seu mundo a lhe oferecer oportunidades lúdicas ao dar formas aos seus pendores. O trabalho de fazer com as mãos a transfiguração dos materiais que lhe eram postos à disposição, quando descartados pelo pai, levava-o ao sedutor mundo da criação. Encantava-se com o que sobrava dos metais, quer fossem eles placas disformes, espessos fios ou mesmo engrenagens complicadas. Aprendeu cedo o manejo dos alicates, dos martelos, das limas, das pinças e dos torqueses de cabos longos. Cedo também descobriu que a desproporcional morsa lhe oferecia a ajuda de uma terceira mão, que agarrava com a firmeza dos fortes, e que a bigorna era o suporte dos pesados encargos dos golpes das marretas, ao mesmo tempo que servia de apoio para as delicadas pressões dos marteletes. Estava ali, à sua disposição, um arsenal de produtos da inventividade do homem que, com tantos outros, o fizera ser um animal diferenciado na luta com a natureza. Um pedacinho da história desse universo tão complicado, de milhares e milhares de anos, ali resumido entre quatro paredes escuras e umedecidas. Não atinava para isso, mas era mais um agente do processo de transformação do mundo que se punha à sua frente em plena objetivação. E ali, junto ao pai, deu formas à sua inclinação de lidar com as engenharias dos mecanismos diversos.

Yonathan, por inclinação natural de sua alma de mestre, deu desde cedo tratos à bola e fez de Reuben o seu melhor aluno. Ensinou-lhe tudo que pudesse levá-lo cedo a superar os patamares a que havia chegado. O filho superando o pai. Nada mais confortador! Achou que, pelas respostas sempre louváveis que Reuben lhe dava no trabalho, pudesse também dar a mesma oportunidade de abrir-lhe as portas para outras manifestações criativas mais transcendentes que aquelas da matéria mensurável pelas aplicações práticas. Assim que adquiriu seu porte de menino erado, o pai chamou-o para as aulas de música e contrabaixo. Reuben foi sempre respeitoso ao projeto do pai, sempre aplicado nos exercícios e jamais deixou de ser dedicado nos rígidos horários das tarefas. Mas não podia esconder de ninguém que tudo aquilo era para ele uma obrigação. Não um desejo. O pai desde cedo soubera de seus amores e desamores. *Mas, na vida, como na natureza, as sementes têm que ser lançadas ao chão para germinar. Nem sempre sabemos ao certo qual é a estação da semeadura, aquela que trará para fora o germe da transformação. Nada será perdido, mesmo que assim não aconteça. A semente estará de qualquer forma incorporada à riqueza potencial da terra. Isso sem falar nas que hibernam para vir à vida manifesta sabe-se lá quando!*

Se a casa dava a Reuben o conforto da segurança e do bem--querer expressos, apesar da tristeza irradiada e das obrigações suportadas, a oficina era o centro gravitacional de seus dias. Ao lado disso, em todo e qualquer tempo livre, ele se agarrava aos livros, vindos de procedência variada, com os quais buscava saciar uma visceral curiosidade pelas coisas do mundo do homem e da natureza. A Biblioteca Nacional era para ele um paraíso à parte. Permitia-lhe lidar com ideias contrapostas. Facultava-lhe o exercício intelectual do conflito. Aceitava a discordância. As aulas de contrabaixo, sistematicamente ministradas pelo pai, foram suportadas com resignação até o advento da maioridade. A sinagoga não lhe oferecia grandes coisas. Ia mais pela inércia de acompanhar os pais do que para buscar algo que lhe faltasse. As pregações pouco tinham a ver com seus projetos. Não era difícil ver-se transportado para outras atmosferas no correr do cerimonial dos cultos. Os valores pregados pela religião ele havia assimilado em casa, nos permanentes e substanciosos discursos de sua mãe. A trajetória histórica de sua ascendência e a leitura conveniente à religião que dela se extraía ele sabia de cor, tal a reiteração doméstica. Mas, se a sinagoga não lhe era muito um espaço de eleição, começava a ter um caráter de referencial importante quando sinalizava a proximidade do lugar onde seus olhos podiam se encontrar com os de Shoshana, a bela menina de sardas bem distribuídas num rosto redondo envolto nas volumosas volutas de seus cabelos de fogo. Encantava-se com ela. Afinal, não era sempre que se deparava com joia tão bem-acabada. E de joia, ele entendia um pouco. Como é que nunca havia notado a presença dela nos encontros musicais a que a família comparecia após os cultos do final da semana? É que os olhos não são tão positivistas como se pensa! Nem sempre veem o que sempre esteve ali, objetivamente posto. É a magia do interesse que separa o que importa do que é descartável. Que transfigura a qualidade das coisas. E as coisas só são as coisas quando não es-

tamos presentes. *Pois, se estamos, as coisas passam a ser um pouco de nós mesmos. É a consciência, essa fábrica de humanos. Essa condição de superação das ecologias.*

Ela era filha de um amigo do pai, músico como ele e com compromissos na mesma orquestra, mas, diferentemente dele, bem-sucedido comerciante da Staroměstské Namesti, a monumental Praça da Cidade Velha, a Staré Město. Lá o emergente burguês administrava um florescente negócio de panos, couros e tapetes, em sua loja no lado sul da Praça, no rés do chão da Casa da Madona de Pedra, onde morava, um dos tantos prédios renascentistas em estilo românico, gótico ou barroco que sempre deram encanto àquele logradouro.

Bem à sua frente, estava plantada a sede da administração da cidade que, desde 1338, sobressaía por essa função e por sua imponente torre de pedra, a ostentar, não muito longe do piso da calçada, dois dos mais espetaculares ícones da cidade: o relógio astronômico, conhecido simplesmente por Orloj, e o calendário giratório, com os signos do zodíaco e doze afrescos que se reportavam a cenas da vida agrícola da Boêmia. A completar o conjunto arquitetônico, lá estavam o barroco rococó do Palácio Kinský, o palacete medieval da Casa do Sino de Pedra e as duas igrejas, estas opondo-se no espaço e no estilo: a barroca de São Nicolau, finalizada no começo do século XVIII, e a imponente gótica, toda em pedra, de Nossa Senhora diante de Tyn, com suas estranhas torres quadradas e pontiagudas a dominar toda a cidade.

Pena que conheceu Shoshana anos depois de ter dado à cidade uma colaboração que mereceu das autoridades os maiores elogios e de seu pai o orgulho da certeza de uma sucessão tranquilizadora. Poderia tê-la percebido quando suas competentes mãos haviam feito reproduzir a delicada peça que outros tentaram construir sem sucesso e que tinha sido capaz de voltar a dar ao Orloj o sopro de uma nova vida. Parado por conta de avaria no seu mecanismo, aquele símbolo da cidade foi objeto de desafios para muitos que se arvoravam competentes na arte do comportamento dos sistemas mecânicos complexos. Ele, que sempre rivalizou com o de Pádua, teve várias etapas em sua construção. Sua primeira versão, do começo do século XV, tinha apenas o mostrador astronômico e seus verdadeiros construtores foram os Mestres-Relojoeiros Mikuláš de Kadaň e Jan Sindel. Em 1490, foi enriquecido com o calendário e alguns outros mostradores, trabalhos do Mestre Hanus, tido por muito tempo como o seu construtor original. Depois de ter sido aperfeiçoado por Jan Táborský, em meados do século XVI, aquele mecanismo parou de funcionar por diversas vezes, porém nunca havia sofrido qualquer intervenção transformadora. De qualquer forma, Reuben viu que dispunha dessa poderosa arma de persuasão para se oferecer a ela como possuidor de qualidades capazes de substituir sua condição de trabalhador, carente que era em grandes haveres materiais. E foi isso que fez. Lançou mão desse mote para marcar um encontro com Shoshana diante do Orloj, quando, então, lhe contaria de como funcionava aquela máquina complicada que estava ali, bem diante de sua casa.

    Não foi dessa primeira vez que a teve livre e sozinha para trocar confidências. O pai a acompanhou, pois também se interessou em saber dos mistérios do relógio, aquele enigmático marcador do tempo que despertava a atenção de muitos quando batia as horas certas e fazia um galo cantar, uma ampulheta funcionar, as figuras dos doze apóstolos cristãos se movimentarem como num presépio animado, além de contar com as intervenções laterais dinâmicas do boneco da morte e daqueles dos vícios da luxúria, da vaidade e da avareza. Esta última, ele fazia questão de ressaltar, era representada exatamente pela figura de um judeu, generalização preconceituosa medieval contra aqueles que, impedidos de possuírem terras, já praticavam a reprodução do dinheiro pela cobrança do juro. Nada mais natural ao sistema econômico que havia substituído o feudalismo e praticado agora, após alguns séculos, como um dos fundamentos do progresso material. Mas foi providencial que o pai tivesse ido. Reuben ganhou dele a confiança pelas explicações lógicas e seguras que dera sobre os tipos de tempo marcados pelos ponteiros, o da antiga Boêmia em arábicos medievais, o babilônico em cor azul dividida em 12 partes e, em romanos, a contagem igual à da atualidade, chamando a atenção, inclusive, para o fato de a Terra ocupar o centro do universo, e o Sol e a Lua girarem ao seu redor. Afinal, quando o relojoeiro o construiu, Copérnico e Galileu ainda não haviam revolucionado a concepção do universo geocêntrico.

Com isso, pareceu ter conquistado mais ao pai que a ela, pois Yonathan voltou para casa no domingo seguinte, após o concerto, com fartos elogios ao filho por ter demonstrado ao amigo o quanto era sábio, maduro, esperto e polido. Reuben entendeu que o velho comerciante estava lhe mandando um recado, dando-lhe o aval para cortejar Shoshana. Essa foi a leitura que pôde fazer de imediato. Era a interpretação que lhe servia. Ele só tinha, agora, que caprichar em seu comportamento nas lides religiosas para impressionar mais ainda o Rei dos Tapetes, como era conhecido o "futuro" sogro.

Mas esse teatro ele já vinha ensaiando há muito com os pais. Afinal, nada mais hipócrita para ele que a prática religiosa. Pregava-se uma coisa e fazia-se outra! Como se consciência social e mundo material fossem farinhas de sacos diferentes. Intuía que, muitas vezes, se não sempre, a religião era uma manifestação ideológica a camuflar os desvios praticados na vida mundana, aquela que não era de Deus e, sim, dos homens, sujeitos às reprimendas de Lúcifer, como apontava o Livro de Jó. Reuben sabia que essa figura não cabia teologicamente no judaísmo, pela sua concepção monoteísta que não oferecia espaço para qualquer tipo de dualismo. Mas sabia também que a teoria e a realidade das práticas sociais se distanciavam no mais das vezes. Uma era do universo abstrato dos eruditos, as outras falavam do concreto dos homens; estes, na maioria, sujeitos à absorção ingênua e temerosa de crenças e superstições. E nenhum ser humano nunca havia sido totalmente apenas uma coisa. Seu pai, ele, a mãe, Shoshana, o tapeceiro, não eram unicamente judeus. Eram *também* judeus.

Esse estratagema de usar a crença, que sabia importante, pois lidava com um valor de muita nobreza no seio da comunidade, via-se dificultado pelo fato de a família de Shoshana frequentar outra sinagoga que não a de seus pais. Mas a sinagoga Pinkas não ficava lá muito distante da Antiga-Nova. Apenas algumas pequenas quadras o separavam aos domingos do Antigo Cemitério Judaico, onde ela está encravada. Como era em pensamento que ele se transportava até lá, a distância entre elas perdia significado, pois se resumia a um nada. E desse nada fazia parte o encontro dos dois na sinagoga Espanhola, onde ambos os pais iam tocar após as cerimônias. A música continuou sendo um meio, um pretexto. Era nessas ocasiões que aproveitava para se colar a ela, roçando de quando em vez sua mão na dela. Agora só saía para passear pelo interior do templo após terminada a apresentação. Aproveitava, mais uma vez, para demonstrar sua sabedoria adquirida por tantas outras fugas que empreendera quando ainda criança. Tinha aquelas paredes e aqueles vitrais guardados dentro de si como conquistas pessoais, sendo capaz de repetir de olhos fechados onde estavam os menores arabescos. Quanta artimanha para criar expectativas e deduções favoráveis à solidificação de sua conquista, cada vez mais à beira da esperada rendição. Shoshana, ao se encantar com a desenvoltura de

Reuben, tornava-se, para ele, ainda mais encantadora. Nada como ser elogiado pela amante. Aquilo o tornava um gigante envaidecido, que via seu coração reduzido a pedaços que se distribuíam pelo corpo como explosivos sempre prestes a lhe dilacerar as entranhas.

Numa dessas ocasiões, através do pai, Reuben recebeu um pedido da orquestra para ir até a Rua dos Ourives, lá nos fundos do Castelo, para se inteirar do estado de saúde de um dos músicos que havia faltado ao concerto. A notícia que chegara aos ouvidos da comunidade causara preocupação e exigia uma pronta providência. A juventude de seus 16 anos, a vivacidade, a disposição e o permanente estado de entrega às causas coletivas que o fazia semelhante ao pai na magnitude de sua alma foram mais uma vez seu cupido amigo. Com a coragem dos seguros, pediu ao tapeceiro para que Shoshana lhe fizesse companhia, pois, afinal, a Rua dos Ourives não ficava ali tão perto. Era um bom estirão que haveria de ser cumprido em um tempo não muito curto. Precisavam cruzar o rio e subir a íngreme colina. E, depois, haveria ainda a volta, que prazerosamente seria, antes de tudo, para entregá-la em casa, ocasião em que passaria ao tapeceiro as notícias obtidas naquela cruzada. Não houve clima para hesitações ou desconfianças. Sua maturidade precoce e todo o conceito de que gozava eram suficientes para dar garantia aos 13 anos da filha. Não teve na vida dia mais longo. Não teve na vida dia mais curto!

Livre das bridas, Reuben escolheu o caminho mais comprido. Em lugar de dar preferência à Ponte Mánesuv, que ficava ali bem perto, no limite sul de Josefov, preferiu seguir pela Rua Krísovnická, margeando o rio, para atravessá-lo pela Karlúv, a Ponte Carlos, há muito um dos símbolos mais belos da cidade. À medida que caminhavam, Reuben, para quem a cidade era um fascínio tanto quanto a conturbada história do pedaço da Europa Central onde estava encravada, ia discorrendo para sua encantada ruivinha sobre as coisas que havia aprendido nos livros. Ao chegar próximo à ponte, chamou a atenção para o enorme espaço construído do Klementinum, um complexo conjunto de edifícios, só menor que o do Castelo, lá no alto da colina de Hradčany. Apontou que era naquele lugar que vinha buscar, sempre que podia, as leituras oferecidas na biblioteca por algumas centenas de milhares de livros. Esse acervo era uma espécie de demonstração do papel desempenhado pela igreja em todo o medievo no âmbito da formação cultural e como guardiã do monopólio do saber. Dominicanos e jesuítas foram as ordens que mais tempo reinaram por ali, tendo esses últimos jogado um papel importante no período da Contrarreforma, que, na luta contra os protestantes, reforçou e consolidou a crença católica como a opção religiosa oficial. Os edifícios mais modernos, dos séculos XVI ao XVIII, mostravam uma riqueza arquitetônica ímpar, com as manifestações barrocas chegando a um extremo de requinte e beleza nos seus interiores, repletos de uma infinidade de aposentos. Foi ali que Tycho Brahe, com o consentimento do Rei Rudolf II da Boêmia, a quem o astrônomo dinamarquês servia, veio a amparar Kepler, que, com o fechamento do observatório de Graz, onde trabalhava, fora expulso da Áustria por ser protestante. Ali também Kepler, após a morte de seu mentor, elaborara as leis básicas do entendimento do movimento do sistema planetário. Seu observatório astronômico, com sua alta torre, guardaria por um tempo infinito a mais longa série de medidas da temperatura diária existente no mundo.

Ao ganharem a Ponte de Pedra, por baixo do belíssimo torreão gótico que a limitava, do lado da Cidade Velha, os 516 metros de sua extensão e seus dez de largura, os jovens abriram um espaço para pequenas corridas de um lado ao outro, numa atmosfera de liberdade pessoal e de sublimação em relação ao mundo real à sua volta. O encantamento e o rosto afogueado de Shoshana mostravam, com clareza, o estado em que se encontrava seu coração. A falta de controle sobre seus passos logo rompeu os cordões de suas delicadas botinas de verniz, exigindo que as mesmas fossem retiradas para sua segurança. Descontraidamente, continuou caminhando como se estivesse num relvado. Sabia que aquela atitude atentava contra uma histórica expectativa de bom comportamento. Esta exigia rigorosa observância de preceitos morais que impediam qualquer tipo de manifestação pública de alegrias incontidas. Nada como o primeiro amor para fazer tábula rasa das manifestas opressões à liberdade de ação e de não menos tolas antropologias. Quanta loucura dessa natureza povoava a rica mitologia clássica e a moderna literatura! Shoshana não era uma pioneira. Era apenas mais uma. Reuben tomou as botas para si e foi, mais uma vez, com as mesmas dependuradas em seu ombro, fornecendo explicações históricas sobre o que viam. Debruçaram-se várias vezes na balaustrada baixa que limita a via para contarem os arcos e os pilares que sustentam aquela monumental arquitetura. Toda de pedra, ela recebeu o nome de Karlúv somente em 1870, em homenagem ao seu padrinho, o Rei Carlos IV, da dinastia de Luxemburgo, que esteve à frente das Terras da Coroa da Boêmia por 32 anos em meio ao século XIV, época de grande prestígio e esplendor naqueles territórios. Foi exatamente nesse período que a velha passagem sobre o rio ganhou as feições atuais, transformando-se na mais importante via de comunicação entre a cidade velha e a área do Castelo. Nada menos que trinta estátuas religiosas, produzidas no início do século XVII e em meados do século XIX pelos mais conceituados artistas boêmios, passaram a orná-la lateralmente. Até então, e por cerca de 300 anos, unicamente uma cruz de madeira servia de ornato à ponte. A vitória austríaca dos Habsburgo sobre os checos, em 1620, submeteu-os a um duplo tacão: a submissão política à nova dinastia e o aniquilamento dos rumos ideológicos da Reforma religiosa, com a conquista católica da alma nacional. As estátuas resumiam essa dupla imposição. Reuben, que admirava a escultura enquanto sublime manifestação artística, ao parar diante de algumas delas, como a de São João Nepumoceno, demonstrava à companheira que invejava a capacidade das mãos dos três Brokoff, pai e filhos, que produziram alguns daqueles maravilhosos santos e patronos de pedra. Outra que apreciava demais era a de Santa Lugarda, a cega, de Matyáš Braun. Bem no meio da ponte encontrava-se a figura lendária de Roland, o guerreiro a simbolizar a liberdade e a justiça, estátua vestida por uma capa com as armas da Cidade Antiga, que tinha ali o seu limite administrativo até 1784, quando as várias cidades conurbadas foram unificadas. Era um verdadeiro museu a céu aberto. Quanta pérola dada aos porcos, ali, no transitar indiferente dos humildes. Quanta humildade na oferta indiscriminada a contempladores anônimos.

Já na outra margem, alcançada sob a luz de um sol bastante claro, passaram pelas duas torres que marcavam a entrada nas terras de Malá Strana, a Cidade Pequena. A românica, mais baixa e mais velha, reabilitada no final do século XVI, era remanescente da antiga ponte de madeira que existia no local, a Ponte Judith, destruída por uma inundação em 1357. A outra torre, a Mostecká, era contemporânea da "nova" ponte de pedra. Apesar do tempo gasto no correr da ponte, Reuben não perdeu a oportunidade de levar Shoshana ao alto do torreão pela íngreme escada de madeira que alcançava o mirante, do qual puderam admirar ambos os lados da cidade.

Dali em diante foi uma azáfama. Buscaram recuperar o tempo gasto com um andar mais apressado até atingir o alto da colina, onde estão o Castelo e a Rua dos Ourives. Não foi fácil. A subida da escadaria da Rua Thunovská, que dá acesso à praça do Palácio, exigiu um duplo esforço, pois, nessa altura da excursão que faziam, os dois já estavam de mãos dadas num empenho mútuo de se ajudarem, para falar apenas da mecânica do passeio. Logicamente que a oportunidade dada pela circunstância os fazia eufóricos pelo fato de a casa a ser visitada ficar nas altitudes da colina real. Ladearam o Palácio até os seus fundos e deram entrada na viela, onde estão as pequenas casas que serviram de moradia para os serviçais da corte, para os soldados da guarda imperial e para algumas oficinas de ourivesaria, de onde saíram seus nomes populares de Rua do Ouro, Dourada, dos Ourives.

O músico procurado morava no nº 22, onde mal cabia pelo seu tamanho avantajado, muito embora tocasse flauta e flautim. Recebidos pela esposa, foram até onde repousava o amigo dos pais e ficaram sabendo tratar-se apenas de uma indisposição fruto dos "maus" hábitos do senhor Zamir: o cigarro, a cerveja e a *becherovka*.[15] Naquele dia, ele estava passando por uma crise de abstinência por "recomendação" da esposa, a enorme e, pelo jeito, respeitada senhora Bracha. Deixaram saudações e seguiram pelas íngremes escadarias dos fundos que iam dar, de novo, na várzea do rio, onde estava a ponte Manesuv e o acesso mais curto à grande praça onde morava Shoshana. Entregou aos pais sua pequena "pastora", completamente afogueada. Voltou para casa entendendo por que Jacó havia se disposto a servir por catorze anos a Labão para ter sua Rachel.

Após esse dia, aquele passeio pela cidade iria mudar os referenciais de sua vida. No trabalho, a insistência na direção da perfeição tomou conta de seus projetos. Nada mais seria feito sem que

---

15 Licor de ervas, de paladar meio doce, meio amargo, com teor alcoólico de 38%.

fosse imaginariamente oferecido à escolhida. E, lógico, o produto, um simples conserto ou uma determinada criação, deveria sempre apresentar a união entre a engenharia e a arte. A engenharia era para o cliente. A arte era para ela. Com isso, seus serviços ganharam em qualidade e passaram a ser reconhecidos como uma superação aos do pai. Os triunfos sucessivos seriam mera decorrência das oportunidades que as encomendas oferecessem. E isso não passou despercebido em casa. Quando Shoshana completou seus 15 anos, dois anos depois do histórico passeio, Reuben decidiu oferecer-lhe um broche, feito por ele. Pensou em esculpir uma delicada libélula a simbolizar um voo a quatro asas em um ente de visão aguda em relação ao mundo, como a indicar que, num só corpo, ele e ela, cada um com seu par de asas, pudessem ganhar a liberdade de vagar por onde quisessem, numa analogia libertária. A razão, entretanto, meteu-se no meio do delírio romântico para sugerir que ali estava uma oportunidade de lançar seu Cavalo de Troia no campo do inimigo. Em lugar da delicadeza do inseto, preparou, com o maior esmero, um broche de ouro no formato do hexagrama do Escudo de Davi – desde a época em que foi dado aos judeus da cidade terem sua bandeira, lá pelos idos de 1354, o que antes era um simples amuleto com as letras dalet[16] do alfabeto hebraico superpostas e invertidas, retiradas do nome daquele rei, passou a identificar a comunidade e ganhou uma dimensão simbólica como atributo dentro do judaísmo.

A estratégia da conquista continuava passando pela fácies religiosa. O simbólico, o abstrato, o ideológico a serviço do coração, do corpo, da carne. Aliás, as mesmas peças das estruturas de poder

---

16 A quarta letra do alfabeto hebraico. A letra D significa Deus, que pode ser grafado D'. No caso, a letra D é de Davi.

que controlam a subordinação do trabalho e das mentes pelo viés do sagrado. As relações sociais estruturadas no mundo feudal, que haviam dado o contorno às instituições e às pessoas por um longo tempo naquelas terras, já se apresentavam como entidades do passado, debilitadas que foram pela revolução do modo de produção e pelas necessárias acomodações das esferas política, ideológica e jurídica. A revolução burguesa e a fase mercantil do capitalismo concentraram nas mãos das monarquias absolutas o controle sobre homens e territórios numa aliança entre a soberania do dinheiro e o poder forte e centralizador do rei. As revoluções liberais, que se seguiram à transferência da dominância econômica do comércio para a indústria, retiraram dos reis suas prerrogativas de gerir a esfera política de seus Estados, submetendo-os às oligarquias burguesas. Quando não extintos, continuaram pomposos, porém, cada vez mais ridículos figurantes. Os reis e príncipes que conseguiram chegar ao final do século XIX com certas feições ainda absolutistas não davam mais conta de atuar no concerto internacional com os anacronismos estruturais de seus aparelhos de Estado, muito menos em territórios de grande dimensão espacial e de complexa diversificação histórica e cultural. O capital e seu filhote, o liberalismo, exigiam a substituição final da dominação política pela econômica. Não havia mais lugar para a aristocracia. A classe dominante agora queria o poder, sem mistificação, para si.

Porém, o legado dessas fases da história estava ali, bem à vista de todos, a determinar, ainda, o caráter material de boa parte da cidade, cada vez mais reverenciado pelo saber iluminista e leigo das gerações mais modernas. Os simbolismos deixaram o domínio do sagrado para adquirir feições sócio-antropológicas, históricas. O mesmo acontecia com certos valores éticos que a religião se encarregava de perpetuar. Para Shoshana, a estrela de Davi era um mimo e um ornato. Para os pais dela, era um suborno interesseiro, uma prestidigitação.

Reuben, desde quase sempre, pela sede de saber as coisas, não aprovava a repetitividade do comportamento dos pais e de muitos de sua mesma geração. A curiosidade e inquietação em buscar respostas para o entendimento do que lhe era mundano não admitiam que ele repetisse as fórmulas acabadas recebidas já prontas para absorvê-las. Ganhou, com isso, uma postura mais liberal de produzir suas próprias avaliações e julgamentos, usando arsenais de saberes que lhe proporcionavam ousar, discutir, discordar e propor utopias renovadoras. Mas tinha que saber jogar para não perecer. Muitas vezes era difícil a conciliação entre a teoria e a prática. Mas sentia que não estava sozinho. A bandeira do nacionalismo, por exemplo, mostrava-se há muito uma proposta ajustada a um futuro em plena construção. Há mais de cem anos ela vinha ganhando uma dimensão que a formação das alianças imperiais dos Habsburgo só viera reforçar. Afinal, ele vivia num espaço com tanta personalidade histórica, tão rico de manifestações autenticamente regionais, com identidades tão bem definidas nos planos dos costumes, da língua, das riquezas retiradas de uma natureza e de um trabalho específicos, enfim, dos lastros de valores socioterritoriais, que não faziam mais sentido atrelamentos a parelhas que não fossem próprias.

A deflagração da guerra, em 1914, foi, para ele, o definitivo estopim de uma opção consciente de engajamento político.

3
A guerra das guerras

A saída do gueto e a deflagração da guerra criaram para o par de namorados dificuldades ainda maiores que as antes existentes. A nova casa e a oficina, agora, tornavam distantes as oportunidades dos pequenos e rápidos encontros proporcionados pela relativa proximidade de antes. Do gueto à Grande Praça, afinal, eram apenas alguns quarteirões. Se o velho comerciante já impunha severas restrições aos encontros fora do controle que os concertos na sinagoga propiciavam, agora, então, não resta a Reuben outra alternativa senão tornar-se mesmo um frequentador assíduo dos cultos. A distância maior, aliada ao visível abatimento físico do pai, passam a exigir a dispensa de um esforço crescente para transportar o desconfortável e pesado instrumento musical para as audições de domingo. Essa transforma-se numa tarefa a mais na sua agenda de trabalho. O contato com o instrumento, que obrigatoriamente ele tivera durante um bom tempo quando das aulas que suportava como um dever, tornou-se, então, uma imperiosidade, misto de um maduro ato de altruísmo e uma quase infantil expectativa de concretização de um sonho. O contrabaixo do pai, de repente, converteu-se numa espécie de objeto a simbolizar a realização de seus desejos. Fechava os olhos e, agarrado àquela substanciosa madona de madeira, via-se transportando Shoshana nos braços até o templo. No retorno para casa, a mesma coisa. Depois, durante a semana, voltava a acompanhar com certa atenção demasiada os estudos do pai. O som, a relação harmoniosa entre eles, o contínuo melódico dos temas, o andamento, as pausas, a intensidade extraída da força do arco sobre as cordas tensionadas, a precisão da afinação, a estrutura rítmica, a música, enfim, ganhava a condição de fetiche e o instrumento seu repositório material. Passou a ser ouvinte atencioso, e o pai, sem saber, um comparsa cupido. Ansiava pelos seus estudos. Aguardava-os com certa inquietação doentia. Yonathan logo percebeu um interesse exagerado por suas observações após os ensaios, querendo saber mais dos conteúdos e significados das partituras e de seus autores. Chegou mesmo a tecer considerações extremamente interessantes sobre as obras de Domenico Dragonetti, virtuoso contrabaixista italiano, autor de muitas peças para contrabaixo e piano, de quem o pai era um grande admirador e exímio executor. As Doze Valsas e o Grande Allegro, por exemplo, eram as suas preferidas, ao lado do Solo em Ré Maior e da Serenata. Com atenção, dedicou à vida dele toda uma pesquisa nas estantes da Biblioteca Municipal, onde muitas cópias de suas obras reproduziam as originais depositadas na Biblioteca Britânica de Londres, lugar em que o autor viveu por mais de cinquenta anos. O primeiro movimento, o Allegro Moderato, do concerto em Mi maior de Carl Ditters von Dittersdorf, ele até que chegou a tocar com certa desenvoltura antes de deixar os estudos.

    Nesta volta nostálgica ao interesse pelo instrumento, provocada pelo valor por ele representado no plano do simbólico, ele via Shoshana em casa e queria o instrumento para si, como já havia falado ao pai. Seria dele e prometia perpetuá-lo em um dos filhos que teria com ela. A disciplina exigida para conquistar um nível respeitável de execução, ele não teve e se decepcionou consigo mesmo. Faltou-lhe maturidade para perseverar. Não havia mais sentido em fazer a história regredir. A música também precisava de quem a apreciasse e entendesse. E este era o seu caso. Mas garantiria que ela não deixaria a família depois que o pai se fosse. Passou a entender melhor o significado das joias que recebia por encomenda. A insistência e, às vezes até, as teimosias dos fregueses em exigir detalhes aparentemente sem sentido, foram, em muitas ocasiões, interpretadas afoitamente como mera soberba burguesa. Entendia, afinal, que o sentido das coisas era algo pessoal, intransferível, como a dor.

Como a dor, experimentou em seu interior as tensões e as amarguras decorrentes da deflagração das lutas que passaram a envolver o seu "país" e a sua cidade. O que interessava a ele o embate entre as potências econômicas consolidadas havia mais tempo na Europa e aquelas que apenas agora emergiam como tais? A Alemanha, que há muito conduzia a política externa do Império, tinha lá suas razões para almejar redividir o bolo imperialista, já de longe saboreado pela França e Inglaterra. Era porque entendia não ser a Alemanha, enquanto entidade territorial simbólica, e, sim, o conjunto de interesses de sua classe burguesa, aquela que materialmente controlava o poder político, que detestava o confronto ora em desenvolvimento; que no processo de unificação, tanto da Itália quanto da Alemanha, eram os movimentos do capital e da busca de melhores dias para sua reprodução as verdadeiras cores das bandeiras de Vitório Emanuelle e de Bismark. Não eram o povo, o país, a nação que contavam e, sim, alguns do povo, da nação, do país. Não era uma guerra de libertação e, sim, de expansão e consolidação de domínios. Tão abominável ou ainda pior que aqueles movimentos subordinados a poderes hereditários que haviam construído muitos impérios como o que anexara sua Boêmia e a Morávia. Ele se horrorizava com a guerra porque entendia que a paz armada que antecedeu as invasões de agosto de 1914 da Bélgica e logo depois da França havia sido um período de mistificação e de propaganda de massa, exaltando o espírito patriótico dos cidadãos comuns e preparando-os para oferecer suas vidas em holocausto à pátria dos poderosos. De qualquer forma, lá estavam ele e a família envolvidos nos acontecimentos que ainda mais dificultavam seus afazeres e seus amores. A origem judia punha todos de sobreaviso, já que a história costuma sempre encontrar desfiladeiros para chegar onde quer sem se repetir.

Que proveito os seus irmãos de língua e cultura poderiam tirar dessa luta entre gigantes? O movimento nacionalista, que vinha ganhando forças desde a recuperação da língua checa como expressão de uma coletividade com passado comum, encontrava um caldo de cultura favorável aos seus projetos de independência. Reuben se aliou fortemente a essa causa na expectativa de ver restaurada uma identidade perdida em meio a um conglomerado de nações. Admirava a força organizadora de facções e partidos ditos liberais progressistas, apesar de certo ceticismo ancorado em suas interpretações político-econômicas. Mas haveria de acompanhar a orientação na direção da plausível recuperação de certa personalidade socioterritorial. Abraçou a causa nacionalista e torcia para que o Império se desmanchasse em fragmentos. O pai, evidentemente, não apreciava aqueles entusiasmos. Já debilitado, temia perder o que havia construído. Seu interesse material determinava também suas opções em relação ao conflito posto. A mãe, resignada, parecia não saber o que estava a acontecer. A oficina, de pronto, acusava a retração das encomendas e dos pedidos de consertos. O receio da perda do valor das economias e o fantasma da expropriação levaram a economia doméstica a se valer da transformação dos bens em equivalentes metálicos para se proteger. O ouro sempre fora uma boa opção nessas horas. A guerra punha todos em guarda. Nada era ousado pela população. A Joia de Pedra de Goethe parecia recolhida à sombra de seus monumentos.

A "paz armada" anunciava, há muito, o conflito entre os interesses dos diversos segmentos nacionais burgueses. Esses interesses representavam, na Europa colonialista, a força adquirida pela criação de riquezas materiais produzidas pela exploração dos produtos das colônias africanas, americanas e asiáticas durante os últimos séculos. As nações que saíram na frente na corrida colonial construíram domínios soberanos sobre vastos territórios mundiais, enriquecendo com isso. A evolução do capital, de seu estágio comercial para o industrial, redefinia a natureza das empresas que se fortaleciam com fusões e monopolizações. Na esteira da defesa desses interesses, refinavam-se os nacionalismos e intensificava-se a militarização. A consolidação dos movimentos de unificação da Itália e da Alemanha, na década de 1870, traduziu-se em unidades nacionais economicamente fortalecidas. O crescimento e a evolução tecnológica da produção industrial alemã incomodavam cada vez mais os concorrentes franceses e ingleses, ampliando a rivalidade entre eles. A perda da Alsácia-Lorena, rica em carvão mineral, e a humilhação de Sedan e a coroação do Imperador da Alemanha, Guilherme I da Prússia, em 1871, em pleno Palácio de Versalhes, engasgavam a França desde o final da Guerra Franco-Prussiana. A Alemanha, que não havia participado da repartição do espaço colonial pelos países da Europa Ocidental (França, Inglaterra, Espanha, Portugal, Bélgica, Holanda etc.), ingressou poderosa na busca de um lugar ao sol nesse universo de exploração fácil e barata de riquezas e de construções de geométricas acumulações de capital. Do outro lado, a Rússia alimentava pretensões de conquistar terras do Império Turco-Otomano, na busca de uma saída para o Mediterrâneo com sua política do Pan-Eslavismo. Com isso, chocava-se com os interesses expansionistas do Império Austro-Húngaro na Península Balcânica. Ali, a Sérvia, ponto de condensação de ideais de unificação dos povos eslavos da península, com a ocupação da Bósnia-Herzegovina, em 1908, pela Áustria, se aliaria à Rússia, protegendo-se dos turcos e dos austríacos.

O clima de concorrência era proporcional ao aumento das desconfianças e vigilâncias. A hora exigia articulações e alianças. Interesses e forças se contrapunham por todos os lados. O começo do século XX via a Europa dividida em dois blocos de interesse. De um lado, a Alemanha, o Império Austro-Húngaro e a Itália formavam a chamada Tríplice Aliança, em oposição à Tríplice Entente, constituída pela França, Inglaterra e Rússia. Uma década de mobilização para a guerra com um formidável aumento do poderio bélico. Avanços tecnológicos impensáveis no campo dos armamentos se somaram à criação de construções de enormes estoques humanos preparados militarmente. Só faltava um xingamento de mãe para eclodirem as batalhas. E esse pretexto veio com o assassinato de 28 de julho de 1914 em Sarajevo. Um mês depois, Belgrado estava sendo bombardeada pelos austríacos.

Não demorou muito para Reuben se envolver no conflito. Apesar de ele estar distante das áreas onde as batalhas se desenrolavam, o Império impôs o serviço militar obrigatório a tantos que pudessem, com sua juventude, arcar com o ônus dos combates. Ele não fugiu à regra. Logo teve que se colocar à disposição do processo de militarização em curso. Conseguiu, pelas condições de já estar sendo peça importante do arrimo familiar, ficar acantonado na própria cidade, junto ao contingente destacado para defendê-la em última instância. Na frente ocidental, a linha de fogo estava para lá das fronteiras da França. A Bélgica havia ido de roldão nas invasões das tropas alemãs, que em setembro já ameaçavam Paris nas batalhas do Marne. O apoio da Rússia à Sérvia teve sua contrapartida no avanço alemão pelo seu território, mal defendido por um exército sem formação e sem armas adequadas. Foi aqui que as forças auxiliares checas e eslovacas entraram em combate, permanecendo em território russo mesmo após a vitória da revolução bolchevique e do armistício da Rússia com a Alemanha, um tanto perdidas em meio à sequente disputa entre brancos e vermelhos.

Reuben, que inicialmente via na guerra uma oportunidade para que seu país ganhasse a sonhada independência, começou a ver quão cruel era a luta pelo poder e a entender melhor o desatino a que seriam levadas as maiorias subalternas para que poucos conseguissem seus intentos. Havia batalhas que poderiam até ser julgadas éticas pela sua motivação de defender o justo. Mas o que seria o justo se não existia um direito natural, acima dos homens, das sociedades, das civilizações? Os conceitos eram todos relativizados pelas contexturas sociais. Mesmo quando contestados. Havia sempre uma ideologia a sustentar as revoluções. O mesmo se poderia dizer sobre a ciência e para a arte. O que se diria então do direito? Havia os que mandavam e eles impunham códigos de comportamento. O que colocar no lugar? A equidade, ele especulava. Poderia ser ela uma boa razão para alicerçar um projeto de arquitetura social que buscasse se aproximar do ideal da igualdade. Mas, por enquanto, isso era lá coisa de teorias ainda não experimentadas pela história. Meras utopias, para não falar dos mitos sobrenaturais religiosos. Não que elas fossem poucas. Não! Até que as utopias eram muitas. Apesar de historicamente determinadas, umas eram menos engajadas politicamente, mais abstratas, a parecer meros exercícios oníricos descompromissados. Outras, mais palpáveis, mais substantivas, mais críticas, mais concretas. Recordava ter lido sobre Platão, Morus, Campanella, Fourier, Saint Simon, Owen e, mais recentemente, sobre as propostas revolucionárias de Marx e Engels, que continham uma contundente análise crítica do sistema social capitalista e que viam no socialismo e no comunismo as etapas naturais do desenvolvimento histórico das sociedades. A antecipação de sua realização se faria através de movimentos revolucionários comandados pela classe dos trabalhadores e eventuais aliados.

As águas das incertezas batiam-lhe à porta. O aumento da insegurança levava as mesmas a entrarem pela soleira doméstica. Sentia seus pés molhados pelo incontrolável. Via a certeza de sua rotina esboroar-se. Sua capacidade de administrar o dia a dia reduzida ao nada. A sensação de impotência lhe transtornava o comportamento. Não era justo que o pai, a mãe, a amada ainda criança fossem vítimas sem causa e sem nome de um conflito que mais parecia, para eles, uma avalanche acidental. Os porquês começavam a incomodá-lo e a pôr o problema do interesse envolvido nos enfrentamentos. Que interesses moviam o mundo? Individuais, coletivos, da maioria, da minoria, do Estado, do povo, da etnia, da tradição, da cultura, da religião. Em todos eles, acabava encontrando um elemento comum: o poder de ser, de estar, de pensar, de praticar, de usufruir, de viver, de mandar e comandar, de conservar, de mudar. A história revisitada só lhe dava exemplos de sociedades autocráticas, opressoras, desiguais, fratricidas. O que faria de sua vida com Shoshana? E sem ela? Seus filhos, em que mundo viveriam? Seria melhor trazer esse contexto para um espaço menor. Quem sabe poderia emprestar sua vida a uma atuação menos egoísta e com maior autenticidade participativa. Buscava, sem dúvida, dar às suas propostas políticas as razões para os embates entre os contrários. Mas não conseguia ir além dos projetos românticos do liberalismo individualista. A presença de Shoshana impedia que ele fosse mais longe. O amor não era boa seara para a semeadura de maiores altruísmos. Era maior que qualquer orgulho. Suplantava qualquer outro sentimento. Se deu conta de que o amor era um sentimento conservador.

Em 1915, a Itália rompeu a aliança com a Alemanha e passou a apoiar a Tríplice Entente. A guerra de trincheiras e os avanços tecnológicos, colocados a serviço do poder de fogo em terra, no ar e no mar, elevavam cada vez mais o número de vítimas. O abastecimento em víveres já era catastrófico em 1916, sofrendo a população civil com o aumento da subnutrição e das doenças oportunistas. O clima de rebeldia e as tensões contra o Estado cresciam em volume. O Imperador Francisco José morre em meio ao conflito. Assume o trono seu sobrinho, Carlos I, cuja reputação era traduzida pela frase: "Tem 30 anos de idade, uma aparência de 20 e fala como uma criança de 10". O Império se desfazia e tentava acordos com a França à revelia da Alemanha. No ano seguinte, as alianças ganhariam novos desenhos com a entrada na guerra dos Estados Unidos, cuja intervenção concorria para proteger o interesse de suas empresas na Europa, perfilados ao lado da Tríplice Entente, e com a saída da Rússia do conflito em dezembro de 1917. A trégua russa estabelecida com a Alemanha foi decorrência da Revolução Bolchevique, que derrubou a monarquia czarista e implantou o primeiro Estado socialista da história, após a Guerra Civil em que bolcheviques e mencheviques, de 1918 a 1922, se digladiaram pelo poder e pela liderança. Com a vitória dos vermelhos sobre os brancos, estes apoiados pelas potencias ocidentais, estava criada a União Soviética, espaço de operação das práticas de uma economia política centrada nos ideais coletivistas e libertários da doutrina Marxista-Leninista.

Reuben se encontrava em estado de perplexidade total. Os Estados Unidos entraram em defesa de seus capitais. A Rússia saiu argumentando não haver sentido alinhar-se em disputas interimperialistas. Perpetuação e mudança. Reforma e revolução. A história se desenrolando à sua volta e ele se sentindo desprovido de elementos conceituais para entender sua marcha, além de ver suas mãos atadas sem saber o que fazer com elas. Agir? Como? Com quê? Para que lado ir? O pior era se ver em meio ao vendaval com absoluta falta de segurança. Começou a perceber que a erudição que havia conquistado nos anos e anos de leituras não lhe era suficiente para aquilatar o tamanho e a qualidade dos acontecimentos. Faltava-lhe o amálgama de valores críticos que os livros não haviam sido capazes de lhe prover. Não era bem isso! Não eram os livros que lhe forneceriam as decisões. Eles lhe davam os instrumentos, como na sua profissão. Era seu respeito a uma determinada visão do mundo objetivo que iria lhe dar a coerência do cimento a solidificar as peças do jogo. E essa visão não era uma questão de instrução, mas de educação, de visão política. Um engajamento criticamente consciente em relação a uma realidade posta ou a uma proposta de um futuro diferente. A qualidade desse olhar não se conquistaria sem romper as barreiras do repetitivo quotidiano. Seria necessária uma dose extra de liberdade. Vinha acompanhando com certo interesse a trajetória intelectual e política de líderes de seu "país", como Thomáš Masaryk, Edvard Beneš e Karel Kramár, defensores liberais da causa nacionalista, tanto no Parlamento austríaco quanto na militância partidária. Inicialmente se intrigava, sem se dar conta das razões de fundo, com o alinhamento dessa bandeira aos países integrantes da Tríplice Entente, que levou, inclusive, cerca de 100 mil voluntários checos a mudar para o leste e lutar contra os alemães em território russo durante os anos de 1917-1918 e ficar sob as ordens do Conselho de Guerra de Versalhes, tanto como o exército francês e o americano. Isso fazia parte da estratégia de apoio dos países da Entente ao projeto de criação de um Estado checo independente, costurados pelos líderes exilados.

O Império, assim como os alemães, não queria perder a hegemonia sobre os territórios ricos em indústria, recursos minerais, agrícolas e com histórica prodigalidade intelectual criativa. E o momento propiciado pela guerra era uma janela escancarada para a defenestração da monarquia. Enquanto Kramár liderava o movimento interno de resistência nacionalista contra o alinhamento com os alemães, não era sem motivo que os outros dois líderes haviam se refugiado no exterior e organizado um Conselho Nacional Checoslovaco, apoiado e reconhecido pela Entente, como o núcleo central da criação de um Estado independente nas terras da Boêmia, Moravia-Silésia, Eslováquia, Galícia polonesa e da Rutênia Subcarpática.

Ao abraçar a causa separatista, via uma oportunidade de atuação pessoal mais finalista nas coisas da cidade ao menos. Antevia, também, que a independência poderia vir a desaguar num Estado a trabalhar e produzir mais intensamente para si e não para servir a propósitos multinacionais. A produção das riquezas "locais" poderia repercutir diretamente na construção de uma sociedade mais provida de recursos para os seus iguais. Quem sabe, assim, inclusive, as coisas não melhorariam para ele e suas engenharias? Afinal, era patriota, mas também negociante. Via que os acontecimentos sugeriam mudanças, mas essas deveriam ser, para ele, brandas e vantajosas.

Mudar sem muito mexer com as relações já estabelecidas, o que seria uma garantia de conservar os padrões de ligações mantidos com a família, com as ocupações profissionais, com os interesses intelectuais voltados à consolidação de um arsenal de conhecimentos formais com que se deleitava e, muito especialmente, com a defesa intransigente da construção de um futuro seguro com Shoshana. Uma mudança de tal natureza e intensidade passava a ser uma importante baliza. Não era um paradigma arrojado. Era a opção mais cômoda que a análise da conjuntura lhe proporcionava. Ao abraçar a causa nacionalista, ele satisfazia a dupla necessidade de se posicionar politicamente e garantir a manutenção de seu estado de coisas. Enfim, era uma saída, sem dúvida, individualista, ditada pela visão salvacionista de seus interesses pessoais. Essa postura lhe apaziguava o espírito e lhe dava, ao mesmo tempo, uma dimensão que o distanciava da apatia ingênua e do ceticismo covarde. Assumia uma posição mais politizada, afinal. Para ele, era a utopia possível. Não havia condições materiais para abrir frentes diferentes de reivindicações. A história concreta não podia ser construída a não ser com tijolos concretos, obedecendo a projetos factíveis. Sonhar era bom, sempre foi bom. Dava possibilidade de atender aos desejos impossíveis, às ilusões inconfessas. Se a tão decantada honra nacional havia servido de bandeira mistificadora para justificar os embates maiores, ela também fazia as vezes da outra face da moeda, quando incrementava o fervor nacionalista de parcelas de homens e territórios na esperança egocêntrica de resguardar identidades culturais. Sentia que havia uma contradição em jogo. Os impérios lutando por agregar territórios e suas riquezas, e as suas nações constituintes buscando a independência desagregadora. Eram guerras dentro da guerra. Apoiava as greves e as rebeliões que eclodiam aqui ou acolá. Dentre as múltiplas deserções, que o esgarçamento visível do Império assistia, ele inclui a sua própria. Não obedeceria mais a qualquer comando anterior.

Não era mais um soldado do Império e, sim, de sua Boêmia. Mudava a qualidade de seu cativeiro. Decisões oportunistas, mas importantes. Sua autoestima lhe dava forças e esperanças. Só pensava em investir em um futuro estável com Shoshana.

Um destino mais claro parecia estar ali traçado. Começou a ver o término da guerra como uma aspiração salvadora. Guerra que faria, ao final, cerca de 15 milhões de vítimas mortais, ao lado da limpeza étnica dos armênios da Turquia, genocídio que ceifou centenas de milhares de vida. A ampliação do número de países participantes, tanto de um lado quanto do outro, mobilizava o interesse dos mercados em todo o mundo. A Alemanha, que lutava em duas frentes, perdeu, em 1917, as pretensões expansionistas no leste com o armistício russo. Intensificava as batalhas no oeste, onde via enfraquecer suas forças com uma sucessiva ocorrência de derrotas. Em novembro de 1918, em meio a movimentos internos pela queda da monarquia, o Imperador Guilherme II se viu forçado a abdicar e, dois dias antes da rendição que acaba a guerra, o centro do poder se deslocava para os ideais republicanos.

A guerra acabou pondo fim a um intrincado e controvertido jogo de interesses, cujo nascedouro havia sido a criação do absolutismo monárquico na Europa. Os fundamentos de uma Europa de filiação feudal morriam juntamente com a ordem estabelecida pelas Guerras Napoleônicas. Ela dava cabo dos grandes impérios Alemão, Austro-Húngaro, Russo e Turco-Otomano e encerrava o domínio político de famílias dinásticas que dominavam a Europa por séculos, como a dos Habsburgo, dos Romanov, dos Hohenzollern e a turco--otomana casa de Osman. A Europa ganhava um novo desenho político-administrativo. Sua "geografia" se alterava consideravelmente, com o surgimento de novas fronteiras nacionais. Dentre elas, a partir de outubro de 1918, a do Estado independente de checos e eslovacos.

Terminada a guerra, assim que o vigor da chama da insegurança material e da excitação espiritual se aplacaram, Yonathan, como num desafogo, entrou em sereno e paulatino estado de apatia que o levaria ao leito em que ficaria por longos e sofridos nove anos. A intoxicação que já vinha fazendo água naquele barco de fundo frágil ganhou dimensões avassaladoras, provocando o ingresso de seu cérebro num rápido e irreversível processo de caducidade precoce. Os metais, que tanto fizeram materializar sua capacidade criativa, estavam agora a lhe cobrar seus dividendos. Tarde demais para se livrar das mazelas de um ofício que dificilmente perdoava seus praticantes. Avigail, multiplicada em resignações, abraçou com dedicações renovadas a causa de sua total assistência. A casa perdeu rapidamente o referencial paterno como estrela-guia das ações. Reuben a assumia em toda a sua plenitude, como se a substituição paterna fosse uma delegação essencial da natureza dos homens. Sem solução de continuidade, deu à mãe a segurança do arrimo necessário e à oficina a orientação segura dos bons profissionais.

Há momentos em que a vida exige prontas decisões. Reuben sentia com clareza que se encontrava diante de um deles.

4
Reuben e Shoshana

Shoshana, ao fim da guerra, já se encontrava muito além da idade certa para o casamento. Afinal, aos 23 anos, já estava difícil suportar por mais tempo a longa espera que a instabilidade produzida pelos acontecimentos havia provocado. E, logo agora que o país se reorganizava, pondo no horizonte o sol nascente de uma vida nova, Yonathan caía doente e provocava o aparecimento de novos entraves à concretização de seus sonhos? Que nada! Pelo contrário! Reuben rapidamente deu uma interpretação àquela situação, como se ela fora uma ordem do dia tão clara como o Sermão da Montanha. A decisão de esposar a acobreada namorada já estava tomada há muito tempo. Desde que ela fizera seus 13 anos tornara-se uma bogeret,[17] mulher adulta, com total responsabilidade sobre seus atos, podendo trabalhar e ser remunerada, além de poder ser proprietária de bens. Segundo a tradição cabalística, entre os diversos níveis que sua alma em transformação estaria enfrentando, a menina-moça ganharia o Neshamá,[18] quando, pas-

---
17 Membro sênior da comunidade, geralmente com mais de 18 anos.
18 É o nível mais puro e elevado da alma. É o sopro divino.

sando pelo ritual do final da infância, adquiria um estádio de maturidade interior que lhe permitiria tomar decisões objetivamente conscientes e responsáveis. Deixava de ser criança para ingressar no mundo real e dar prioridade ao controle de seus egoísmos e à pratica do bem. Mas o mais importante era que, com isso, ela ganhava o direito de se casar. Certo que seu pai escolheria o seu par, mas ela poderia aceitar ou rejeitar o casamento. Caberia, portanto, apenas convencê-lo a escolher o já escolhido.

Nessa ocasião, a congregação à qual pertencia sua família já praticava o rito de passagem para celebrar a maioridade feminina, o Bat Mitzvá,[19] inovação introduzida na Alemanha durante a Reforma Judaica do século XIX, quando uma elite intelectualizada de judeus buscou dotar a liturgia das sinagogas de mudanças e simplificações nos rituais conservadores e de ajustar seus costumes aos valores de uma sociedade cristã protestante em rápida transformação. A tradicional separação das atividades masculinas e femininas, expressa na Lei Talmúdica, tanto no interior da sinagoga quanto nos rituais familiares, começava a desaparecer com a adoção, pelas comunidades reformistas, de reinterpretações ocidentalizadoras ajustadas aos corpos dos direitos civis e da igualdade entre os sexos. A importância do valor do gênero na mitologia judaica, representada pelo relato simbólico da origem da humanidade, quando a mulher rompeu o relacionamento paradisíaco ao transgredir a norma divina de acesso ao conhecimento, estaria na base da diferença de representação entre os sexos no conjunto das práticas e valores da religião. Com as leituras mais progressistas, estabeleceu-se uma tendência de homogeneizar os direitos entre os

---

19 O reconhecimento da maturidade feminina. Aos 12 anos, ela se torna a filha do mandamento. É quando assume sua responsabilidade perante a lei judaica.

gêneros nos rituais sagrados, recuperando, de certa forma, a pertinência da revolta de Lilith[20] contra a ordem hierárquica primitiva.

Quando o velho tapeceiro tomou conhecimento de que Reuben e Shoshana estavam mesmo dispostos ao casamento, remoeu-se em ressentimentos, pois não via com muito bons olhos aquela decisão da filha, uma vez que tinha certeza de que ela não teria em sua nova casa as benesses que até então havia merecido na tranquilidade de um lar burguês. Certo, o rapaz era de boa cepa familiar, de boa índole, de boa disposição para o trabalho, de boa formação intelectual, de boa saúde e aparência, de bons propósitos, de boa educação, era da mesma comunidade religiosa, era do mesmo povo, da mesma origem, mas parecia faltar-lhe aquilo que inspirasse indiscutível segurança. Lógico que os padrões éticos eram importantes, mas *como beleza e formosura nem dão pão, nem fartura*, sem dúvida, para os pais de Shoshana, *barba com dinheiro honraria de pronto o cavaleiro*. Reuben sabia muito bem disso e não se sentia inseguro, muito menos desprestigiado. Era orgulhoso e nunca pensou em merecer uma resposta negativa. Sabia que entre os seus corria sempre o brocardo talmúdico de que, por mais humilde que fosse, o trabalho só honraria o homem. Entendia, porém, as razões que levavam pai e mãe a desejar uma proteção maior, fundada em reservas fartas e eficaz penhor. O que seria dela ao esposar um modesto artesão, sem lastro nas modernidades das indústrias e dos comércios, preso a manufaturas tradicionais de demandas incertas, modeladoras de espíritos conformados e não empreendedores?

---

20 Primeira mulher de Adão que o abandonou, partindo para o Éden, após uma disputa com o criador em que se insurgiu contra o paradigma do sistema patriarcal e sua consequente submissão como mulher. É muitas vezes descrita como um demônio ou a própria serpente.

Shoshana já vinha indispondo seu espírito a toda e qualquer sugestão indicativa de repugnância. Havia decidido que obedeceria aos pais até o limite do que fosse aceitável pela sua convicção. Os pais lhe haviam dado raízes. Sabiam que mais tarde teriam que lhe dar asas. Os anos de namoro que passara com Reuben, mesmo na parcimônia de uma vida de pássaro cativo, quando os encontros e as intimidades eram por demais controlados, ensinaram-lhe que o caminho mais direto para a satisfação interior é a certeza do que se quer e, muito mais que isso, a confiança na travessia entre o projeto e sua realização. O companheiro lhe inoculara as doses certas de argumentos, que lhe valeram a construção consolidada de uma liberdade individual responsável. Nada de loucuras. Nada de precipitações. A ponte que já vinham atravessando há longos anos estava quase a lhes oferecer a margem oposta. Era apenas uma questão de refinar a sabedoria, tolerando a espera.

Se a guerra havia minado os projetos de união entre os amantes, a doença de Yonathan foi um estopim a deflagrar a inadiável decisão de esposar Shoshana. Munido da coragem dos convictos, Reuben, após longa conversa com Avigail, compareceu à casa da Grande Praça para ter com a família dela o encontro, até então, só menos decisivo que o que havia tido na sinagoga, naquela longínqua manhã em que a conheceu. Sem grandes cerimoniais preparatórios, foi até a loja de tapetes levando consigo o seu arsenal de propostas e de projetos. Sem apresentar nenhuma promessa, fez da objetividade concreta o seu principal argumento para arrazoar ao futuro sogro suas aspirações. Não o fez sozinho. Fez entender ao velho que o respeito àquela hora exigia que se desse ao encontro a categoria de concílio, uma vez que estava em pauta a proposta de continuidade de relações entre pessoas de bem que almejavam agregar e não separar, razão pela qual o apelo ao comparecimento ter se estendido às duas mulheres da casa, a mãe e a namorada.

A firmeza de Reuben, de imediato, desarmou qualquer possibilidade de antipatia à sua proposta que pudesse prosperar em contra-argumentos, viessem eles sob a forma de questões biológicas, sentimentais, éticas ou econômicas. Eram os pretendentes adultos bem formados, suficientemente instruídos, pertencentes ambos à mesma comunidade étnico-religiosa, há muito praticando uma convivência fundada na reciprocidade de sentimentos agregadores, absolutamente convencidos de que eram almas complementares a comungar projetos semelhantes, dispostos ao trabalho e à constituição de uma família plural. Ele, apesar de desafortunado, tinha profissão estável e um lastro familiar abonador, que a amizade praticada pelas famílias há longo tempo só fazia por ratificar. Levariam uma vida parcimoniosa, como, aliás, convém em tempos de semeadura. Shoshana enfrentaria inicialmente dificuldades ao ter que se integrar a novas atmosferas, mas, seguramente, não passaria por amargores, arrependimentos ou obstáculos impossíveis de transpor. Ela sabia bem disso e estava absolutamente disposta a enfrentá-los. Não estaria longe dos seus. Afinal, a separação física na cidade não ultrapassaria um quilômetro e meio. Certo é que não se casariam antes de mudar de residência. Reuben tinha planos já em andamento para alojar, em um espaço maior, o pai doente, a mãe, o novo casal e os filhos, dando a todos a liberdade de fazer da casa uma extensão do espaço comunitário familiar. Tinha certeza de que Shoshana seria feliz. Os pais dela não teriam por que não concordar.

Como um animal acuado, o orgulhoso tapeceiro se viu sem outra saída que não fosse a aquiescência. Aborrecido, mas não mal-humorado, ainda tentou adiar a decisão, mas foi obstado pela esposa, que via nos olhos da filha a ansiedade com que ela esperava o aval dos pais. *Só as mães têm experiências no matrimônio capazes de lhes dar certezas sobre a possibilidade de aborrecimentos futuros.* O rapaz merecia sua confiança. O pai se sentiu só. E, só, deu a última palavra. Abraçaram-se como amigos, prometendo conjugar esforços para a realização de um cerimonial que mostrasse à comunidade que o entendimento e a felicidade eram de todos. E assim foi.

Shoshana, na primeira oportunidade de externar sua espontaneidade, só fez por agradecer a firmeza com que o namorado enfrentou aquela situação sem abrir nenhum flanco para que fosse dificultado o resultado esperado. Passou a admirar ainda mais o companheiro, além de ver reforçada a sua segurança em relação ao futuro. Era com ele, tinha agora a certeza renovada, que ela queria produzir seus frutos.

Reuben, apesar de seu livre pensar sobre as coisas da religião, decidiu observar, sem restrições, o ritual tradicional do casamento. Shoshana, religiosa que era, sabia muito bem o quanto havia de tolerância e desprendimento naquela aceitação por parte do companheiro. Era mais uma demonstração de que o sentimento amoroso seria capaz de tender ao infinito. Haveriam, porém, de transpor obstáculos antes que qualquer data fosse pensada. O mais importante, e talvez mais difícil, era o de buscar novas acomodações para uma família agora maior. A casa da Rua Na Struze já havia esgotado sua capacidade de crescer para dentro. A oficina, entretanto, junto à rua, lá embaixo do viaduto, continuava a ocupar um bom lugar, sabia bem disso. Não acharia nada melhor pelas condições da locação. Quem sabe poderia mudar-se mantendo a oficina na mesma localização? O pai já havia perdido a capacidade de decisão. A mãe, como sempre, potencializava a sua no sentido de dar à casa e ao filho as condições de uma normalidade aceitável. Cuidar do marido cada vez mais dependente e ausente; da casa prestes a receber hóspedes com outras exigências; da própria saúde, também em vias de sofrer colapsos. Afinal, seus 50 anos de vida frágil estavam a lhe cobrar os permanentes rateios. Tudo isso estava rapidamente exigindo, cada vez mais, esforços extras.

Reuben se viu na obrigação de dar uma solução no mínimo aceitável àquela equação. Não podia decepcionar a família de Shoshana oferecendo a ela um lar desprotegido de conforto e segurança. A diferença de capacidade financeira entre as duas famílias não poderia servir de pretexto para qualquer tipo de cobranças e arrependimentos. Reuniu-se com a mãe numa noite em que a calmaria do espírito iluminava os caminhos. Discutiram a situação e resolveram, de comum acordo, transformar parte das economias do "velho" Yonathan, cristalizadas em metais preciosos, guardadas sem nenhum emprego útil, em equivalente corrente. A nova organização da economia do país, agora sujeita às regras impostas pela construção de um estado independente, liberal capitalista, só fazia por animar o espírito quanto à confiança no futuro. A prosperidade que as antigas terras do histórico Reino da Boêmia haviam apresentado na segunda metade do século XIX e nos primeiros lustros do XX, que a transformou no território mais moderno e pujante da monarquia Austro-Húngara, agora seria posta exclusivamente a serviço da edificação de um país onde os checos e eslovacos perfaziam 65% de uma população de pouco mais de 13 milhões de habitantes. De todas as indústrias do antigo Império, 70% a 80% estavam também em terras da nova república. E o Império tinha quase 680 mil quilômetros quadrados. Agora, o novo país tinha pouco mais de 130 mil. E não eram mais 50 milhões de pessoas a dividir o bolo. As relações haviam mudado. A capital, chamada, não sem razão, de Pérola do Oriente, havia conhecido também nos últimos cinquenta anos um crescimento compatível com esse status de centro de importantes funções econômicas e sociais. Ela, que sempre tivera, na sua longa história de mais de dez séculos, um papel de agente centralizador do poder, cujos reflexos a monumentalidade e riqueza de suas funções e sua arquitetura deixavam transparecer com absoluta clareza, via-se diante de remodelações urbanísticas em áreas de ocupação mais antiga, assim como de novas expansões periféricas para atender a um crescimento populacional compatível com a ruptura da velha base rural da economia, substituída que estava pela adoção de modelos de estrutura produtiva centrada na indústria e na urbanização. Nova economia, novas articulações sistêmicas, novas cidades, novos problemas, novas contradições. Nova sociedade, enfim. A mudança de casa se punha em meio a esse clima de dinâmica instável das relações, o que facilitava as decisões. Se o desmanche do gueto e a criação do novo Josefov haviam expulsado a família do tradicional bairro judeu do cotovelo do rio, agora era a remodelação maciça da Cidade Nova, ou Nové Město, que punha em xeque uma permanência no mesmo lugar. Afinal, a Mãe de Todas as Cidades era a capital da região mais rica do país, que tão bem se articulava com a produção agrícola predominante na Eslováquia e nas franjas subcarpáticas do sul. Não havia por que temer ser diferente. A nova república nascia próspera e orgulhosa. Não sem enfrentar as questões ligadas à tradicional oposição em relação aos habitantes alemães que ainda perfaziam quase um quarto da população total do novo país. Os nacionalistas sabiam bem disso.

 Parcimonioso, Yonathan havia juntado em vida um bom patrimônio em metais preciosos. Certo é que parte dele havia vindo de seus antepassados sob a forma de peças avulsas de naturezas distintas: moedas, broches, tiaras, colares, anéis, brincos, diademas, pequenos resplendores, alianças. Yonathan ainda era de uma geração que via correr em seu sangue a instabilidade do povo judeu e preferia que o seu patrimônio tivesse o caráter de valor universal, pois a história lhe servia de respaldo para tais atitudes. Costumava dizer, como argumento sustentador, que se um dia se sentisse ameaçado, fundiria tudo e colocaria em sua carruagem de fuga cavalos com arreios e ferraduras douradas. Era uma imagem, lógico! Metáfora pertinente e de fácil compreensão. A perseguição, a submissão, a clandestinidade, a diáspora, a ameaça da espoliação, a necessidade da mudança, a preservação dos frutos do trabalho, a alavanca para a remoção de novos obstáculos, o passaporte para uma vida nova e o alicerce para uma existência mais segura não eram meras lembranças históricas. Não! Eram milhares de anos entranhados em suas carnes. Eram elementos constituintes de seu ser. Apenas uma parte daqueles guardados seria o suficiente para dar vida à proposta de mudança. Avigail não titubeou. Deu seu aval para que Reuben providenciasse a procura de um novo teto. Nova casa, nova família, novas funções. Lar, maternidade, hospital. Um pouco de cada etapa da vida!

Não demorou muito para a transformação pela qual passava a cidade, com a edificação de novos bairros e remodelação de antigos, como a Cidade Nova, proporcionar oportunidades plurais. Com o dinheiro auferido com a venda de parte dos bens guardados pelo pai, Reuben conseguiu uma morada num edifício de três andares não muito longe de onde estavam. Certo que era na outra margem do Moldava, mas a Rua Lidická era a mesma da Ponte Palackého e o bonde que passava por ela facilitava o acesso à cidade velha, onde moravam os pais de Shoshana. O apartamento não era lá tão grande, mas acomodaria com conforto as duas famílias. Como a oficina, agora, não acompanharia a residência, seria desnecessário compatibilizar espaços entre as duas funções. O trabalho se separaria do cotidiano doméstico. Yonathan, cada vez mais ausente pela decadência precoce, ainda teve tempo de tomar consciência do que se passava, sem, no entanto, condições de participar com qualquer ação opinativa. Reuben só concretizou o negócio depois de ouvir o futuro sogro, que, por sinal, mais uma vez se mostrou perspicaz ao referendar a transação. Animou o espírito do "genro", dizendo que aprovava o local e que sua filha viria a ter um lugar digno para construir seu futuro. Ofereceu, na ocasião, sua disposição de auxiliá-lo na avença, no que foi mais que prontamente obstado pelo sentimento orgulhoso de Reuben. O acordo entre as famílias parecia estar definitivamente selado. Não demorou muito para que a transferência se realizasse e o casamento fosse, enfim, marcado.

A mudança ocorreu sem grandes transtornos. Contou com a ajuda de amigos da comunidade, especialmente no transporte do pai, já sem condições de se valer de sua autonomia de locomoção. Na nova casa, o quarto dos pais acabou ficando na parte interior do edifício, todo ele voltado para um vão central circular, cujo teto de vidro, moldado em forma de cúpula, produzia exuberante iluminação, trazendo para dentro do imóvel verdadeiro clima exterior, tal a abundância de luz, mesmo que filtrada. A escadaria circular era quebrada, de andar em andar, por amplo patamar que repetia no piso os mesmos desenhos que os ladrilhos hidráulicos formavam nos degraus. Os parapeitos de ferro fundido, por sua vez, compunham, com os arabescos simétricos das serralharias, um harmonioso conjunto cujas sombras esbatidas nas paredes pareciam dar-lhe uma quarta dimensão, para quem o olhasse tanto na subida quanto na descida. Avigail estava contente com sua nova e ampla cozinha, o maior cômodo da casa. A sala de banhos – quem diria? – tinha uma banheira toda esmaltada em uma cor rosa cujos pés reproduziam garras de leões moldadas em resistente liga de metal dourado. Dois outros quartos e uma longa sala completavam a nova morada. Três inconvenientes deveriam ser enfrentados pelos novos moradores. O barulho dos bondes junto ao quarto que dava para a frente da rua, os três lances de escadas a serem vencidos diariamente e o saldo de uma dívida que deveria ser paga em tempo não muito longo. Os dois primeiros, os corpos ainda jovens seriam capazes de vencer, fazendo do tempo um aliado da acomodação. O último, apesar de ser o único temporário, era o que mais trazia inquietação à família.

Feita a mudança, não havia justificativa para adiar o casamento. A ansiedade foi se acumulando às demais pressões vindas da necessidade de respeito a uma série de tradições que a longa história da comunidade impunha como indispensável. Reuben havia que saber assimilá-las. Avigail, apesar de fervorosa em suas crenças, pressentia-as como claros sinais de uma perda inaceitável. Teria que dividir dali para a frente o que de mais sublime tem uma mãe possessiva com alguém que chega e, num único instante, lhe rouba o objeto de seu maior encantamento. Já vinha se acostumando a enfrentar essa passagem estreita que o caminho da vida sempre oferece aos homens como prova de que os egoísmos não merecem condescendência. Perder o filho, ganhar a nora? As matemáticas da vida não são tão cartesianas assim! Um filho jamais se perde, e uma nora nem sempre se ganha! Avigail, como os teria em casa, estava disposta a adotar o espírito cooperativo. Enfrentava problemas demais para deixar-se enredar por pensamentos ditados pela soberba orgulhosa. Isso, aliás, contrariava um dos mais elementares preceitos judaicos, o de colocar em primeiro plano as questões do outro e não as próprias. Mas, a compatibilização entre essas duas esferas no universo dos sentimentos pessoais era, cada vez mais, um falso dilema interior, uma vez que os novos sustentáculos das sociedades ocidentais em transformação colocavam essencialmente a liberdade pessoal como pedra angular da exploração do trabalho e de sua contrapartida, a promessa de acesso universal ao sucesso e à riqueza. Era a tendência do domínio do eu sobre o nós, do individual sobre o coletivo, do privado sobre o público. A luta interior era cada vez mais insidiosa entre os valores religiosos, edificados num passado longínquo, e as novas ideologias exigidas pelas condições materiais que sustentariam as novas arquiteturas sociais. Um drama que se punha no dia a dia das consciências. Os controles comportamentais se esgarçavam. As noções de transgressão se distanciavam do sagrado. Agora havia um mundo civil e uma nova ordenação de controle social leiga. Se antes a lei talmúdica era o único ordenamento a seguir, naquele momento era necessário respeitar os ordenamentos civis que inspiraram a superação dos conflitos no Estado moderno. Deveres e obrigações, profano e sagrado, passado e presente formavam um intrincado novelo nem sempre fácil de desembaraçar. E, não muito longe dali, outras ideologias lutavam para se sobrepor a esse mundo liberal.

Yonathan, na nova casa, só teve uma manifestação volitiva, quando se viu diante de novos horizontes. Pediu, com firmeza, que colocassem o contrabaixo bem diante de sua cama, encostado junto à parede branca que ficava entre as duas janelas. A luminosidade lateral que delas entrava, mesmo filtrada pelas cortinas, dava ao instrumento uma dimensão que sua extensão sombria só fazia engrandecer. O castanho-avermelhado de seu magnífico corpo, contrastando com o tom escuro do espelho do longo braço, que se tornava mais claro na área das cravelhas e na voluta, fazia-o flutuante acima do longo e imperceptível espigão que o sustentava em pé. Seguramente, o instrumento musical era a maior evocação do sentido que a vida tivera para ele, quem sabe até pela representatividade da arte contida em seu interior. O filho, a esposa, seus antepassados, estes tinham lá suas identidades próprias. O instrumento, não! Era o prolongamento de capacidades específicas que se fundiam em combinações sublimes do artesão, do compositor e do músico instrumentista. E quando conjugava sua participação no intrincado jogo da harmonia de sons de múltiplos instrumentos, mãos, sopros, dedos, vozes, ele se convertia em artífice de sublimações só passíveis de serem repartidas na solidão interior de cada um. Yonathan, com aquele pedido, parecia ter decidido quem seria seu derradeiro confidente, o último parceiro de sua vida. Silente, mas orquestral.

A Reuben, para ajustar a vida pessoal aos novos trilhos em que o país agora circulava, só faltava o casamento. E casar não era tão fácil assim. Haveria de ser cumprido um roteiro simbólico um tanto demorado, em que o chatan, o noivo, e a kallah, a noiva, deveriam se preparar religiosa e materialmente para a vida futura. Por conta da tradicional concepção de que religião e lei se confundiam, para a comunidade judaica, a cerimônia era o ato que sacramentaria o compromisso expresso numa verdadeira transação contida em um contrato escrito que o noivo deveria assinar na presença de duas testemunhas. Nesse contrato, o ketubá, estavam claramente detalhadas as obrigações a que se submeteria o marido em relação à esposa, sendo as principais a provisão de alimentos, de abrigo, de roupas e o atendimento às demais necessidades da vida material.

Um outro pormenor desse cerimonial, cheio de meandros metafóricos, era aquele que envolvia uma das capacidades do noivo. A aliança que deveria ser colocada na mão de Shoshana teria que ser uma peça de simplicidade absoluta, sem nenhuma ornamentação, a indicar que o matrimônio sempre foi, ao mesmo tempo, belo e puro. Isso fez com que Reuben, apesar de cético em relação aos costumes com significados religiosamente simbólicos, desse a esse anel uma importância especial, pois ele deveria conter toda a expressão de um outro casamento, o da comunhão de seu amor com a alma gêmea, boa e generosa daquela que deveria ser sua companheira. E o fez com a habilidade de suas próprias mãos, geradora de uma obra de arte que era, a um só tempo, a manifestação da perfeição, imanente à forma circular, e a pureza do ouro, no seu estado limite de ductilidade. Era um desafio que nunca havia enfrentado. Que têmpera deveria ser dada ao metal para chegar a esse estado além do qual nasceria a irredutibilidade? Que proporções metálicas deveriam ter suas ligas e fusões? Sabia que os 24 quilates do ouro puro não dariam nem a cor nem a resistência que uma joia daquelas haveria de ter. Nem era recomendação que o fizesse tentar obtê-la. Seria impossível trabalhá-la de forma a que ela não perdesse logo a sua perfeição geométrica. As atividades da rotina cotidiana se encarregariam de deformá-la na constância de ofensas danificadoras. Qual toque máximo seria a medida ideal? O do "ouro português"? Com 80% de ouro puro e 20% de outros metais, a peça teria um toque de 19.2 quilates, e Reuben sabia que ela seria consistente, mas a margem de segurança seria grande demais para suas aspirações. Que tal 22 quilates? Estava seguro de que ela teria a resistência esperada. Precisaria de 908,3 milésimos de ouro puro e apenas 91,7 milésimos de liga. Agora a questão que se punha era a da cor que deveria ser dada ao anel. Descartou de imediato a liga de prata e paládio, que daria a ele uma cor mais clara, a do ouro branco. Mais amarela ou mais vermelha? Optou pelo meio termo, o da virtude: 4,585% de prata, 4,585% de cobre. Obteve uma peça de bom toque e de esplêndida e singular coloração.

A cerimônia foi marcada para ser realizada na praça do interior do edifício da nova casa de Yonathan, dada a impossibilidade de sua locomoção para lugares diferentes daquele. O local, apesar de um pouco exíguo, respondia à necessidade de realizá-lo em espaço a céu aberto, atendendo ao simbolismo de que, assim como a Abraão e Sara, D'us abençoaria os noivos e faria com que seus filhos fossem como as estrelas do céu.

A família de Shoshana, que teria gostado que o casamento acontecesse em lugar menos singelo, face à posição de prestígio em que ela se encontrava no interior da comunidade, por obediência aos ditames de que os atos religiosos deveriam ser despregados de qualquer ostentação material, acabou por concordar com a simplicidade de um ato num local tão desprovido de esplendor. Na data escolhida, foi montada a huppah, a tenda aberta de todos os lados, debaixo da qual aconteceria o ritual, representação simbólica da casa a ser edificada e oferecida em hospitalidade aos parentes e amigos. Shoshana e Reuben passaram o dia em jejum e se recolheram a seus quartos para se submeter, pelo menos aos olhos da comunidade, a um período de meditação sobre o que passou e o que estaria por vir. A necessidade pessoal e social de que a vida conjugal tivesse um início pacífico e cordial abriu espaço para a introdução da crença de que, neste dia, tudo que pudesse desabonar o comportamento passado dos noivos fosse divinamente perdoado. Onde estariam a beleza do relacionamento entre marido e mulher, a responsabilidade de cumprimento das mútuas obrigações e o respeito pelo povo judeu, se o casamento não zerasse o passado de ambos? *Edificar uma família iniciando-a com desconfianças e prevenções? Impurezas desse tipo, evidentemente, não são aconselháveis a nenhum tipo de trato, seja ele mercantil ou de outra natureza. Sacralizar o contrato de casamento é um ato complementar de con-*

trole social. É uma espécie de Yom Kipur[21] pessoal. Remissões existem em todas as religiões, mecanismo sem o qual não haveria como conservar os fiéis sob a permanente tutela da misericórdia, ato divino de benevolência que, em muitos casos, exige a contrapartida da punição, do flagelo para a obtenção da expiação. Pecado deve "doer" para ser remido. Não é assim no mundo civil? Aqui, o secular, o temporal da modernidade ocidental, com o advento da separação entre Igreja e Estado, quebrou a hegemonia da ideologia religiosa que sustentava o direito de absolver, punir ou perdoar. O Estado moderno, leigo, liberal, capitalista, emerge como o único detentor do monopólio da força e desloca para o econômico – e no socialismo também para o político – o caráter de dominância dos ordenamentos sociais de controle dos conflitos. Para as novas dramaturgias, correspondentes às novas formações sociais, novo Deus ex machina para arbitrar e solucionar os antagonismos.

Na hora aprazada, Reuben e Shoshana foram levados pelos pais para debaixo do huppah, onde, diante do rabino e do minian,[22] Shoshana deu sete voltas em torno de Reuben como a construir, como o fizera o criador, as paredes da nova casa do casal. O pobre Yonathan manteve-se como que ausente, com um olhar fixo e embaciado, sem se dar muito conta do acontecimento. Se não estivesse sob o efeito da esclerose, que progredia a passos largos, estaria, seguramente, tão encantado como Avigail por presenciar, na genealogia do povo que se via eleito, o prenúncio do nascimento de mais um galho a frutificar no tão esperado aumento numérico dos descendentes de Abraão. Em seguida, depois do pequeno

---

21 Dia do perdão. É um dos feriados mais importantes do judaísmo. Jejua-se por 25 horas.
22 É o quórum, de dez ou mais homens adultos, necessário para a execução de diversas cerimônias no judaísmo.

sermão e de breve citação metafórica de parte do Salmo 118, o rabino estendeu sua bênção ao primeiro copo de vinho, tradicional símbolo de alegria, através do kidush,[23] sua celebração. Os noivos beberam do mesmo copo e, assim, o casamento, também chamado de kedushin, estendeu ao casal a santificação. Em seguida, Reuben colocou o singelo anel de ouro no dedo indicador da mão direita de Shoshana, que, mesmo sem poder apresentar senão o próprio metal, sem nenhum tipo de adorno, representava a compensação monetária, o preço pago pela sua aquisição. Ao aceitá-lo, Shoshana avalizou a avença, a transação. Com esse ato, Reuben acabava de adquirir publicamente Shoshana, assinando o contrato escrito de casamento junto com duas testemunhas. Entrou-se, após esse ato, na segunda parte da cerimônia, o ketubah, que é a leitura do contrato, documento obrigatório, em que constam as obrigações do marido para com a esposa, inclusive a de que viverá com ela numa relação conjugal, e onde está mencionado o compromisso do marido dar à esposa, em caso de separação, tudo o que lhe é de direito, além de uma quantia especificada em dinheiro, correspondente a uma indenização. Seguiu-se a recitação das sete bênçãos, o sheva brachot, dentre as quais a do segundo copo de vinho, novamente repartido pelo casal. O último ato sob o huppah foi aquele em que Reuben se viu obrigado a quebrar, com o pé, um copo de vidro, como expressão de sua tristeza pela destruição do Templo de Jerusalém e pela vontade de ver aquele local recuperado como sítio central da fé judaica. Essa obrigação lhe parecia pesada em demasia, pois seu simbolismo afirmava ser ela expressão de uma vontade interior maior que a de esposar Shoshana. Como poderia?

---

23 A prece da santificação. É feita sobre o vinho da primeira refeição do shabat, na sexta-feira à noite.

Também, simbolicamente, viu seu pé ser machucado para o resto de sua vida!

Finalmente, o jejum dos noivos podia ser quebrado. Uma chassns's tisch, a grande mesa de bebidas e comidas, pôs a cerimônia no mundo material das necessidades do homem, antes de os "noivos" se ausentarem para a merecida paz terrena!

5
Ilana e Benyamin

Shoshana logo se incorporou à família como se nela tivesse nascido. Desde o primeiro dia, fez de Avigail e de Yonathan seus mais respeitados companheiros. Assumiu de imediato boa parte dos serviços da casa, fazendo dela, quem sabe, o espaço de administração criativa que não tivera em sua casa por excesso de zelo dos pais. Avigail logo se sentiu compensada com os préstimos espontâneos da nora e a ela passou a dispensar o carinho que as mães naturalmente têm para com os filhos. Yonathan pareceu até demonstrar uma melhora na empatia com o mundo exterior, pois toda vez que a bela ruiva entrava em seu aposento seus olhos pareciam emitir uma luz que só os que têm vontade de viver conseguem produzir. Quando ela se punha, então, a tirar o pó que se assentava sobre o contrabaixo, Yonathan entrava em estado de profunda excitação, só comparável àquele que tomava conta de seu corpo quando das execuções de peças dos compositores pátrios. O afogueado dos longos cabelos da bela jovem se harmonizava com perfeição aos tons rútilos das paredes do instrumento a ponto de, em certos momentos, parecer seu corpo uma continuação natural do outro.

Mulher e contrabaixo. Nunca duas coisas tão distintas separadamente pareceram ser uma só quando juntas. Forma, cor, volume. Quanta conotação fundada na força da energia vital inesgotavelmente contida dentro dos corpos animais. Quanta implicação se agregava àquela simbiose visual! Sem dúvida, a presença de Shoshana seria, dali em diante, a responsável pela dilatação da sobrevida de Yonathan. O casamento, para ela, havia sido uma libertação. Não que os pais tivessem sido castradores, enérgicos ou não amorosos. Não! A saída de casa trouxe-lhe a oportunidade de exercitar prazeres novos que só os corajosos se dão ao direito de provar. Prazeres como o de servir e não ser servido, de coparticipar de projetos, de opinar sem as amarras e os constrangimentos impostos pelas possíveis oposições aos dogmas, de respeitar sem a opressão da necessidade cega da concórdia, enfim, prazeres como a sensação da responsabilidade de poder ser independente, de responder pela autonomia de seus atos. Prazeres da maturidade. Entregar-se à comunhão carnal sem bridas, exigida pelos corpos não rastreados. Praticar o humor, até então contido, como expressão inteligente e sincera da liberdade de espírito. Encontrar-se no expresso riso da alegria, no choro incontido dos sentimentos desgostosos, na contrição voluntária de uma religiosidade espontânea. Era como se tivesse adquirido uma luz própria e proporcionado ao seu corpo e ao seu espírito um Pessach[24] pessoal. Disposta e voluntariosa, muito cedo deu à casa uma atmosfera de renascença. Avigail, o protótipo da mãe provedora, a articuladora doméstica da reprodução da cultura judaica, o esteio determinador do caráter da casa e da transmissão da essência do que vem a ser judeu, não teve por

---

24 A festa da páscoa judaica. Comemoração da libertação dos hebreus do cativeiro no Egito. É um louvor à libertação, à figurada passagem.

que não dividir com Shoshana essas responsabilidades. Desde dar as boas vindas ao shabat, com o acendimento das velas, passando pelo cashrut, as leis dietéticas das bebidas e dos alimentos, assim como pela observância do Tarath Hamishpachá, as leis da pureza familiar. Shoshana deveria ir mais longe, preocupando-se em gerar uma descendência genuína. Essa última qualidade não tardou a ser anunciada. Shoshana era uma flor polinizada. Unia-se de vez à casa, embarcando na carruagem da perpetuação.

A casa se iluminou quando chegou Ilana, a primeira árvore desse novo pomar. Era o verão de 1920. O nascente país ainda se digladiava com as arestas criadas por uma emancipação costurada no exterior durante a guerra pelos líderes no exílio. Os vencedores do conflito, pelo acordo de Saint-Germain-en-Laye, de setembro de 1919, aprovaram a criação de uma unidade nacional organizada à base de conjunções sociais, étnicas, econômicas e espaciais diferenciadas, desde muito tempo com personalidades históricas definidas. De pronto, enfrentou conflitos ao agregar, em um só país: uma Boêmia-Morávia-Silésia de identidade checa, uma Eslováquia de forte influência húngara, uma Rutênia Subcarpática de filiação ucraniana, uma populosa e influente comunidade alemã nos Montes Sudetos – a Coroa da Boêmia –, além de não desprezíveis contingentes de húngaros, poloneses e judeus. Histórias, especificidades socioculturais, hábitos, línguas, religiões, condimentos para um acentuado quadro de divergências, de pleitos, de orgulhos, de personalidades diferenciadoras. A diversidade de grupamentos étnicos, que antes montava uma certa unidade sob a proteção das coroas do Império, agora se via compondo os novos quadros socioterritoriais de Estados nacionais cuja dominação de classe iria alterar os antigos equilíbrios de força vigentes até então. Novos agentes, novas lideranças, novos interesses, novos projetos, novas ordenações. Um cardápio em que os pratos não ensejariam uma ceia tranquila, muito menos santa! Em um território de exíguos 128 mil quilômetros quadrados, não mais que 14 milhões de habitantes se desgarraram dos 53 milhões do antigo império, agora tresmalhado em sete países, além de terras em outros seis. Sua maior cidade, a velha e orgulhosa Pérola do Oriente, não possuía mais que 230 mil almas, dentre as quais Ilana seria das primeiras a ganhar uma nova identidade nacional.

Nos primeiros anos de sua existência, o país, como unidade territorial independente, teve um governo sustentado por um núcleo político e intelectual denominado "Corrente do Castelo", tendo à sua frente o líder morávio Tomáš Garrigue Masaryk, professor universitário de filosofia, que irá presidi-lo até meados da década seguinte com forte apoio das potências vencedoras da guerra. Começava aí um período em que eclodiriam satisfações e insatisfações nacionais, numa atmosfera em que a poeira da intolerância e dos orgulhos étnicos em suspensão não conseguiria se depositar. A Idade Média custara a acabar nessas plagas, mas deixara ainda espectros vigorosos dentro da nova arquitetura montada pelos desenhos dos Estados nacionais nascentes – estes nem sempre com conteúdos sociais harmônicos. A nova república nascia em meio a crises – das naturais, derivadas da reorganização econômica, às decorrentes da necessidades de superação das diferenças étnicas, carregadas de projetos separatistas. A mão forte dos vencedores impunha, por imperiosidade do projeto de manutenção da unidade, o estabelecimento de uma política de homogeneização a partir da difusão forçada de seus valores.

Reuben, que havia nutrido uma expectativa mais que esfuziante em relação à independência; ele, que só não havia ido voluntariamente para a frente russa para ajudar a combater os alemães, atendendo aos apelos dos líderes no exílio, pelo fato de não poder deixar os pais na orfandade, começa a perceber que a história real nem sempre conseguia ser, para cada um, a projeção de suas bandeiras programáticas. *A objetividade material é sempre um rolo compressor a esmagar os sonhos. E os que não se dobram às imperiosidades dos acordos, nem se acomodam às regras dos novos tempos, não acabam senão nas calçadas como observadores derrotados, a assistir ao desfile dos vencedores, aquele contingente que mistura sempre, em doses diferenciadas, mistificadores, traidores, sonhadores, ingênuos, oportunistas.* Começou a enxergar mais nitidamente que o poder, independente das circunstâncias, usava sempre a mesma receita para se consolidar: o do expurgo dos que lhe eram inconvenientes. Por que ao deixar o império dos nobres não construir um país acima e além dos interesses de grupos, das diferenças étnico-religiosas, tendo como projeto uma união pautada pelo bem comum, pelo respeito à diversidade? Seus sonhos estavam mais afinados com o que estava a acontecer na vizinha terra dos antigos Romanov, onde os paradigmas da ordem socioeconômica fundavam-se no conflito das classes sociais e não na sua conformação. Num ideal libertário e não na subordinação. Na aspiração da construção de um homem universal, de uma sociedade igualitária. Mas tudo ainda se punha muito nebuloso. Era ainda cedo demais para arrazoar. A história ainda estava por se fazer! Não era capaz de estabelecer um julgamento seguro do que lá se passava, pois sentia que lhe faltava um certo arsenal de conhecimentos em política e economia. Era o entendimento do mecanismo, das engrenagens, das razões determinantes da história real que lhe fugia das mãos. Haveria que ir buscá-lo. E iria, com certeza! Ao mesmo tempo, os novos acontecimentos que se desenrolavam com a rapidez dos instantes não lhe permitiam decidir com segurança sobre sua vida pessoal, seus afazeres profissionais, sua família. O que seria de Ilana? Uma boêmia? Uma checa? Ainda uma judia? Por que ela não poderia ser tudo isso ao mesmo tempo, sem deixar de ser essencialmente uma igual a tantos outros do mundo? Enfim, por que teria que ser de um lugar e de um sangue, se isso todos eram? Se isso tudo era uma mera decorrência acidental na vida de cada um, não seria mais plausível juntar os homens pelas semelhanças do que separá-los pelas diferenças? Por que teria que ver suas qualidades se transformarem em preconceitos, estes sempre a serviço dos que mandavam? E por que havia os que mandavam? O que estava por detrás dos arcabouços sociais que determinavam essa estruturação? Pela primeira vez, compreendia com mais clareza a complexidade do mundo, da vida, dos grupamentos de pessoas, das instituições, das sociedades, das civilizações, da natureza e da sociedade. Da história, enfim!

A vinda de Ilana, seu amor por Shoshana, o carinho que tinha para com a mãe, o respeito pela perseverança e integridade do velho pai Yonathan, o espírito aberto aos valores induzidos pelo saber científico que aprendera por conta de sua incontrolável curiosidade, tudo isso fazia de Reuben um ser inquieto e inconformado. A religião, na prática já descartada como baliza de seus valores diários, não havia sido substituída por nenhum outro sistema explicativo na relação dele com a objetividade do mundo. Sentia, porém, que ela mais segregava que universalizava. Que mais oprimia que libertava. Que havia um poder nela embutido que não lhe agradava obedecer, pois o poder, cada vez mais, para ele, deveria advir dos consensos e não de estruturas hierárquicas. Não deveria ser imperial e externo aos homens. Deveria ser um atributo comum. Via o novo Estado nascente como instrumento de permanência das antigas estruturas autoritárias de dominação. O que substituiria a dominação da aristocracia? Nos países em que a revolução capitalista havia edificado o Estado como organismo soberano, monopolizador da força e coerção, a burguesia dele se apossou através da mística democrática. Naquele outro que, pela força revolucionária popular, ensaiava seus primeiros passos na direção da construção de uma terra de iguais, uma cúpula político-burocrática, dividida em facções, digladiava-se para impor-se como representante do proletariado. Nutria por ele, entretanto, uma expectativa de franca simpatia, apesar de estar mais para Bakunin do que para Lenin.

Esse seu desassossego intelectual, por não conseguir usar seu arsenal de conhecimentos para superar suas dúvidas e assumir uma postura de clareza ideológica segura, em nada interferiu nas ações de Shoshana e Avigail quanto à cerimônia do "batismo" da primogênita, que nascera forte, rosada e carequinha, fato que, mais tarde, levou Reuben a dar-lhe um afetuoso apelido. Nem lhe passou pela cabeça impedir a prática dos rituais religiosos. Seu ceticismo jamais estaria a serviço de uma ruptura tão radical com uma crença doméstica de tão longa história, muito menos de abrir uma frente de batalha com a comunidade que, aliás, o tinha como um exemplo de retidão e justiça. Pelo contrário! A menina, que acabava de chegar, recompôs os ânimos da casa, cada vez mais abalados pelo aprofundamento dos sinais de debilidade de Yonathan. Os períodos de ausência participativa daquele que havia sido por um bom tempo o timoneiro amigo e companheiro iam paulatinamente enlutando o ambiente doméstico. Avigail, solidária como sempre fora, começava a apresentar, a olhos vistos, sinais de envelhecimento. A criança foi para todos um alento sem dimensão.

Com a doença de Yonathan, ficou de pronto descartada a ideia de dar o nome à menina na sinagoga, quando da leitura da Torá. A opção foi preparar a cerimônia para o primeiro shabat após o nascimento, como rezava também a tradição. Na ocasião, reunidos em torno da mesa posta, com a presença dos avós maternos, que pela primeira vez compareciam até a casa da filha, e com Yonathan acomodado em uma larga cadeira, protegido por travesseiros, Avigail, Shoshana e Reuben disputavam a posse da criança como se esta fosse uma dádiva divina, uma fonte de prazer material. Reuben, num gesto de extrema consideração, e com a candura dos possuidores de uma alma mais que generosa, tomou a criança nos braços e a depositou no colo da sogra, recompensada de imediato por todo o sentimento de perda que teve com o casamento da filha. Reuben, com aquele gesto, sem se dar conta, ganhava mais uma aliada que estaria a seu lado pelo restante da caminhada de sua vida. Lida a Torá, quando a saúde da mãe e da filha sempre eram objetos de um pedido de graça, o pai, um tanto constrangido pela sensação de estar teatralizando seu papel, dizendo-se um yisrael, relacionou o nome judaico da avó materna, da esposa e mãe e, em seguida, apontando para a filha, disse-lhe o nome: Ilana, a árvore que dará bons frutos, profetizando, como queria Shoshana, a continuidade da reprodução da estirpe. Diante de uma mesa marcada pela frugalidade, recitaram o Kidush, brindando a vida com suas taças de vinho, através de um estridente Lechayim.[25]

Não mais que um ano havia se passado e lá estava, de novo, a casa a anunciar a vinda de mais um. O vigor de Reuben e a disposição inconteste de Shoshana para a maternidade pareciam exigir cuidados para que a morada não se fizesse pequena em tempo tão exíguo. Motivo de júbilo para todos, Reuben se viu forçado a redobrar o trabalho, pois, com o pai ausente e sem encontrar nenhum auxiliar que pudesse estar à altura da qualidade que sempre esperara dar a seus serviços, tinha que gastar todas as horas disponíveis

---

25 Expressão usada quando se brinda. Significa: "Saúde! Para a vida!".

no dia para dar conta da quantidade crescente de encomendas e pedidos de reparos. A trajetória das alterações que a economia do país anunciava, e que projetava um crescimento da demanda por mão de obra, retirava dos trabalhos tradicionais todo um contingente de jovens que não mais tinha razões para almejar aprender e repetir as funções dos muitos artesãos, que até então perfaziam boa parte da demanda do mercado urbano. O crescimento e a diversificação da produção urbano-industrial, juntamente com as reformas anunciadas no plano agrário, geravam uma atmosfera de dinamismo e modernização, que concorria para a criação de expectativas e oportunidades para os que ingressavam na idade produtiva. O país, que já era possuidor de uma base industrial e agrícola de certa representatividade no âmbito do antigo Império, potencializará os recursos minerais do Erzgebirge e dos Sudetos, suportes de uma importante indústria metalúrgica, com destaque para a produção ferroviária de locomotivas. Verá crescer a produção de veículos automotores, com a transformação da Laurin & Klement na moderna Skoda, e ampliar seu tradicional parque têxtil, de cervejarias e de produção de vidros e cristais. Com o fortalecimento de suas relações com o mercado exterior, o país e especialmente, dentro dele, a Boêmia assistirão a duas décadas de progresso material que os levarão a disputar, em números, um lugar de destaque no balanço das economias europeias.

Pressionado pelas alterações de qualidade que a estrutura da economia apresentava, Reuben logo percebeu que seu antigo negócio era uma porta aberta para embarcar na esteira das oportunidades que as transformações sugeriam. Sua experiência em lidar com mecanismos delicados e sua expressiva capacidade criativa no plano de dar soluções estéticas a tudo quanto lhe caía nas mãos o levaram a se propor a trabalhar para a grande indústria automotiva, produzindo certos componentes de precisão para equipar os Tatras,[26] que, desde 1923, começaram a fazer presença nas ruas e estradas do país. Com isso, viu-se obrigado a ampliar seu antigo ateliê e, contrariando na prática seus ideais igualitários, tornou-se patrão de alguns operários. Por um tempo, conseguiu articular as funções de artista-artesão com as novas exigências da administração do trabalho de terceiros e das exigências dos compradores, agora, não mais como antes, subordinados ao seu trabalho. Colocou-se em meio a uma teia de articulação funcional em que, ao mesmo tempo, mandava e era mandado. Sentiu perder, de imediato, a sua personalidade independente e criativa. Ao mesmo tempo, também se viu opressor, ao submeter seus operários a um regime de trabalho duro, longo e sem garantias, em troca de uma remuneração incapaz de dar a eles qualquer expectativa de satisfação, segurança ou progresso material.

Como superar a contradição entre o que pedia a objetividade do mundo em que vivia, onde as relações entre os agentes produtivos se subordinavam ao dinheiro e ao lucro, e o projeto de construir um espaço de liberdade e igualdade para todos? Na impossibilidade de aplicar às suas relações pessoais o modelo preconizado pelo ideário marxista, assim como de criar uma relação particular com seus auxiliares, onde vigorasse a anomia anarquista, começou a ver nas ideias de Kautsky uma perspectiva de superar suas angústias filosóficas. Ensaiou uma experiência cooperativista no plano do trabalho, desde logo minada pela não repartição, com seus parceiros, da propriedade dos meios e instrumentos de sua oficina, muito menos pela pauta das decisões. Não chegou a per-

---

[26] Fabricante e marca de automóveis checos. A terceira mais antiga da Europa. Produziu seu primeiro carro em 1897.

ceber a ingenuidade da proposta e o quanto ela carregava de paternalismo assistencialista, pelo fato de continuar havendo quem escolhia, decidia, mandava. Na verdade, a separação de seu trabalho como artesão relojoeiro e joalheiro e o de proprietário de pequena fábrica de implementos para a indústria automotiva não se dava dentro de si, e isso produzia incompatibilidades em seu próprio comportamento diante das duas realidades. Não era capaz de separar-se em dois.

Como artesão, sua relação com o que produzia era de natureza íntima, hedonista, narcísica, erótica. Ele se punha e se via no que criava. A criatura era uma extensão de si mesmo. E não havia duas iguais. Já o produto industrializado lhe era exterior, atendia ao outro e não a si, fugia-lhe no processo de produção, pouco se importando se era ele ou outro que o mediava. Sua natureza era impessoal, fria, desumana. A criatura era seriada, repetitiva, vazia, sem alma. Chegaria um dia a prescindir da intermediação do homem! Passou a ter uma visão recorrente em seus sonhos perturbadores. Eram, cada vez mais, pesadelos. Via-se um gigante diante do Orloj da velha e histórica Praça, que um dia voltara a funcionar graças à habilidade de suas mãos, ao mesmo tempo em que se apequenava frente às enormes locomotivas que tracionavam pelo país, valendo-se de componentes que saíam de suas bancadas. Era a autocensura a lhe remoer os valores.

Em meio a esse clima de instabilidade prático-conceitual, Shoshana, que não vinha passando bem nas últimas semanas, exigiu-lhe presteza na decisão de procurar ajuda. Sua segunda gravidez, ocorrida ainda enquanto guardava o tradicional resguardo, minou um pouco suas forças, já que tinha pela frente, agora, o cuidado com Ilana, além dos afazeres domésticos de praxe, que fazia questão de cumprir. As pequenas hemorragias não indicavam que o final daquela gestação ocorreria com a mesma tranquilidade a que havia assistido com a primogênita. Agora, porém, a perda de sangue havia assumido uma escala preocupante. Não havia mais a velha Chaya a quem recorrer na emergência. A doce mãe de centenas havia se recolhido ao leito após impiedoso acidente vascular cerebral. A criança não teria a proteção confiante das mãos daquela verdadeira maga. Ilana havia sido uma das últimas a ser assistida por ela. O apelo teve que ser feito a um serviço de outra qualificação. Reuben não pestanejou. Correu em busca do auxílio do Dr. Zohar, médico e professor com renomado diploma obtido em Viena, amigo íntimo de seu pai e fiel acompanhante das tertúlias musicais dos finais de semana na sinagoga. Era certo que fazia muito tempo não o via. A enfermidade do pai e sua contumácia em não mais frequentar o templo haviam-no colocado num distanciamento defensivo em relação à comunidade. Shoshana e a mãe tinham que se valer de outras companhias para seguir exercendo os deveres de cumprir os ritos. Mas, seguramente, o eminente profissional não levaria nada disso em conta, como aliás, não levou. Tão logo feito o apelo, deixou seus afazeres, tomou de sua tradicional valise geométrica de couro negro e acompanhou Reuben até a Rua Lidická. Assim que chegaram, Shoshana só teve tempo de pedir ao marido que fosse buscar sua mãe e que, antes, trouxesse até seu quarto o contrabaixo de Yonathan, num claro sinal de que via nele um talismã a lhe socorrer naquela hora. Sua relação com o instrumento era tão misteriosa quanto aquela que o sogro tinha quando ela se punha a limpá-lo diante dele. A sensação que ela tinha com a reação vivaz demonstrada pelo velho artesão, toda vez que ela punha as mãos sobre aquela emudecida obra de arte, havia penetrado de tal forma suas entranhas que passou a sentir pelo contrabaixo uma relação de verdadeira e inconfessável afeição animista. Sabia

ser esse um sentimento de certa heresia, por isso secreto, inconfessável. Sem se dar conta da deificação que havia naquele pedido de Shoshana, Reuben, depois de muito tempo, voltou a ter um contato físico com o instrumento que renegara havia anos. Ao mesmo tempo, não percebeu que, assim como ele claramente havia posto em dúvida os preceitos religiosos da família e da estirpe de maneira um tanto radical, havia outros tipos de manifestações do espírito que eram capazes de sincretizar crenças, mesmo quando os fundamentos originários eram pétreos e lastreados em consistentes dogmas e doutrinas. Insegurança, medos, desespero, incertezas, portas abertas para apegos ou devaneios místicos, sobrenaturais!

Dr. Zohar já havia enfrentado, em sua longa vida de incontáveis experiências, situações aflitivas certamente difíceis de solucionar. Por certo, estava diante de uma delas ao atender a jovem parturiente. Trancado no quarto, contando com o auxílio das duas avós que entravam e saíam portando bacias e panos, aplicou todo o seu conhecimento e perícia para salvar as vidas que se entrechocavam naquele momento. Corriam alto risco de morrer tanto quem dava a vida como quem nascia para ela. Horas de sofrimento para todos, só superado quando o gesto de triunfo e a palavra douta do médico asseguraram o sucesso da operação, concomitantemente ao choro convulsivo de Shoshana e ao estridente berreiro do pequeno varão, que ecoaram pela casa como um apelo à manifestação catártica que tomou a todos. Dr. Zohar, talvez, nunca tivesse sentido alívio maior, nem feito ato concreto a todos os seus estudos e a todas as suas teorias. A lamentar somente um resultado. Salvaram-se as vidas, mas Shoshana talvez não pudesse mais frutificar como sempre havia desejado. Estava praticamente incapacitada para novas maternidades.

Shoshana, que havia prometido a si mesma seguir o exemplo de Leia, Raquel, Zilpa e Bila, dando a Reuben uma grande prole, decidiu, com total concordância do esposo, dar ao filho o nome de Benyamin, como o último de Jacó. Assim, impedida de ir além em seu projeto, teria em casa a chave que abriu e a que fechou a progenitura daquele patriarca. Quatro dias depois, apesar de Shoshana ainda estar acamada, a família, após a refeição de shabat, na noite de sexta-feira, na presença de alguns amigos, deu as boas vindas à criança na cerimônia de Shalom Zachor,[27] quando foi servido o sempre delicioso arbis.[28] No oitavo dia de vida, pela manhã, com a decisão do Mohel de que a criança estava fisicamente capacitada a ser circuncidada, deu-se a execução do Brit Milá. Sem o prepúcio, pedaço do órgão que melhor expressa o desejo sexual do homem, estaria dada a dimensão espiritual ao corpo através desse sinal do pacto com a divindade, também chamado de pacto de Abraão. Para Reuben, bem que Benyamin poderia ser um incircunciso, já que esse rito nem era hebreu na sua origem, pois herdado seguramente dos egípcios. Mas a tradição via nele, talvez, o maior sinal de inserção étnica. Ele não achou razão para discordar, muito menos para polemizar e contribuir para criar atritos indesejáveis. Ela era uma obrigação para os pais e não para a criança. Para ele, pessoalmente, a circuncisão não havia tido nenhum efeito sobre seu comportamento ou sobre sua forma de ver o mundo. Que assim fosse!

Restabelecida, após algumas semanas, Shoshana, na companhia de Reuben, foi até a sinagoga Pinkas, onde, no espaço do antigo cemitério, fez questão de plantar duas pequenas mudas de cedro, já que não pudera fazer isso quando do nascimento de Ilana. De volta para casa, concordou com Avigail em recolocar o contrabaixo no

---

27 É uma festa, uma refeição especial, que se realiza na primeira sexta-feira à noite, após o nascimento de um menino, na tradição asquenazita.
28 Grão-de-bico.

quarto de Yonathan. Este, pela reação quase que imediata, parecia ter se livrado daquele mexe e remexe que havia marcado seu comportamento nos dias anteriores, creditado ao choro sempre demorado e impertinente do neto recém-nascido. Mais que para Shoshana, para ele havia uma razão orgânica estabelecida há muito com aquele instrumento, suficiente para o entendimento daquela natural projeção.

Os anos da década de 1920 pareceram passar rápido demais. Eles vieram tão carregados de uma nova energia centrada nas múltiplas transformações sociais e econômicas que não fora fácil nem para Reuben nem para o restante da família acompanhar seu ritmo e dar conta das razões que impulsionavam tamanha rapidez das mudanças. Agora, havia uma outra realidade política a exigir decisões que dessem ao país um desenho socioespacial que o compatibilizasse com a organização das demais unidades nacionais europeias, especialmente com aquelas que gerenciavam a dominação dos agentes de sua orientação. Política e economia eram as duas esferas que davam ao núcleo do poder o controle das rédeas dos programas voltados à edificação de um Estado independente, soberano e em sintonia orgânica com a nova arrumação do mercado. Em 1920, a Constituição provisória de 1918 foi substituída pela que deu ao país seu caráter federalista, que concedia às áreas de maioria checa e eslovaca relativa autonomia administrativa. Os demais espaços, marcados pela presença de maiorias alemãs, húngaras e polonesas, como os Montes Sudetos, o sul da Eslováquia e a Rutênia Carpática, receberam um tratamento de minorias subordinadas, que só faziam por exacerbar os movimentos de emancipação e exaltação do caráter etnolinguísticos dos apelos separatistas. A comunidade judia, fundamentalmente urbana, especialmente concentrada na capital e outras grandes cidades, mesmo mais integrada aos ideais nacionalistas das novas maiorias nacionais, experimentam um certo sentimento de alienação, derivado do gosto amargo da falta de clareza da orientação política em relação a ela. As mulheres, pela primeira vez, ganharam a condição de cidadãs ao receberem o direito de se manifestar pelo voto nas eleições majoritárias e proporcionais. O exercício do poder, ainda que embrulhado na abstração de um colorido celofane político, era, agora, um direito universal de todos. O destino do que era público parecia estar mais próximo de cada um. E isso ensejava certo apelo ao orgulho pessoal. Indivíduo e nação pareciam articular novas relações, o que, contraditoriamente, eram portas abertas aos sentimentos separatistas, anseio das múltiplas minorias. Mesmo a Eslováquia, partícipe central do novo Estado, aceitara a experiência da unidade em meio a uma original expectativa de separação. Apesar do esforço de superação das diferenças e das rebeldias, pela imposição de decisões assimiladoras dos conquistadores da independência, o país nascia cometendo o pecado original da falta de unidade entre seus diferentes componentes socioespaciais e da ausência de um pacto interno que conclamasse os desiguais a um projeto comum. Era evidente que o cimento programático teria que partir de uma atmosfera onde a tolerância tomasse o lugar dos preconceitos. Mais uma unidade nacional compósita, construída sem levar em conta a natureza da organização social de suas partes! Realidades históricas diferenciadas produzidas por longos períodos de tempo, onde cultura, língua, tradições, valores grupais, lideranças, conquistas, interesses de classe, qualificaram unidades territoriais, que só poderiam coexistir debaixo de subordinações pela força. A nova história comum não nascia com uma solidez superior àquela das histórias particulares. No plano externo, a Hungria, que havia ocupado militarmente durante a guerra parte da Eslováquia, reclamou para si esse território, quando o Tratado de Trianon reduziu

sua área para apenas um terço do que ocupava antes. A Alemanha, derrotada, saiu da guerra inconformada com seu território mutilado tanto ao Norte quanto a Leste e Oeste. A Polônia abriu disputa pela posse de parte da Silésia austríaca, área da cidade de Teschen. Enfim, o pós-guerra fertilizaria um caldo de cultura favorável a novos conflitos, que não demorariam a eclodir.

Reuben sentia que, economicamente, o país tiraria proveito do fato de ter sido a Boêmia um dos espaços mais ricos em equipamentos produtivos já no antigo Império e, dentro dela, a área de fala alemã dos Sudetos tinha um papel de suma relevância, não só por sediar uma importante concentração de unidades industriais, como pelas suas riquezas minerais. Entendia ser imperioso para o projeto nacional em curso a manutenção a qualquer custo desse território. Não só desse, mas dos demais objetos de demandas separatistas. Compreendia o valor dos territórios na conformação das sociedades. O homem havia se feito um ser social ao produzir-se territorialmente como coletividade política e economicamente organizada. *Na trajetória evolutiva das sociedades, desde as primeiras organizações familiares até a etapa das civilizações socialmente complexas e tecnicamente avançadas, o papel do espaço, enquanto natureza bruta ou segunda natureza, enquanto riqueza potencial ou riqueza objetivada, enquanto condição e produto, sempre foi determinante e, ao mesmo tempo, determinado no processo de construção dos grupamentos e sociedades. Essa relação bipolar e complementar é permanente e se manifesta até mesmo na esfera do poder. Subordinação e submissão, controle, comando e obediência, riqueza e dominação, desde sempre foram questões que envolveram o apossamento territorial. É no espaço que estão os homens, o trabalho, a riqueza natural, a riqueza construída, os equipamentos, a rede estrutural dos contatos. É nele que a história se concretiza. Não há na história domínio soberano que não tenha correspondido a uma certa vastidão espacial. A expansão do controle político, militar, econômico não é só um movimento qualitativo. Ele incorpora, como fundamento de sua força, a apropriação horizontal de seus espaços de monitoramento e, com ele, suas qualidades naturais e sociais, expressas ou latentes. Subjuga a natureza e os homens conquistados ao seu projeto de poder. É quando a quantidade se transmuda em qualidade. A expansão territorial sempre esteve na base da construção dos impérios, tenham tido eles esta ou aquela volumetria. A história da evolução das formações sociais quase pode ser escrita a partir da constituição de seus grandes espaços de domínio, de seus centros "metropolitanos" diretivos e de suas áreas "coloniais" subordinadas. Na Ásia, África, Europa e América não são poucos os exemplos. Os diferentes modos de produzir, que sustentaram as diversas formas de organização das sociedades, não podem ser entendidos sem que o movimento de expansão de suas áreas de ocorrência seja considerado. Escravismo, feudalismo, modo asiático, capitalismo, socialismo, dão bons exemplos de que o espaço é sinônimo de poder, seja seu controle direto ou indireto. Não é por outra razão que o romantismo libertário em voga no final do século XIX e começo do XX cultivou a utopia das federações de pequenas comunidades, em oposição ao Estado centralizado, capitalista ou não, burguês ou burocrático, hierarquizado, autoritário, despótico, desumano. É a sociedade civil contra a sociedade política. É o privado contra o público. A liberdade contra a opressão. Nicolau, Jean, Thomas, John, Emmanuel, Jean-Jacques, Charles, Benedetto, Friedrich(s), Karl, Vladimir...[29] Por mais que o significado do lugar tenha se modificado no correr do tempo, com a evolução das relações sociais intra e extragrupos, não há história*

---

29 Maquiavel, Bodin, Hobbes, Locke, Kant, Rousseau, Tocqueville, Croce, Hegel, Engels, Marx, Lênin.

sem geografia. Se no plano social, o entendimento da complexidade do mundo só pode se dar através das articulações dinâmicas existentes entre suas múltiplas estruturas, relativizando sempre o papel da instância tida como essencialmente determinante, no plano da história real, quer entendida em sua dimensão local, regional, nacional ou global, o espaço é sempre um qualificador de qualquer combinação dessas articulações entre dominantes e determinante.

Reuben, intrigado com suas conjecturas a propósito da construção de seu novo país, embaraçava-se entre os fios da realidade objetiva e os das quimeras programáticas. Seus apelos interiores na direção da visão de um mundo sem poderes, sem discriminações, sem supremacias, onde a igualdade não fosse uma conquista e, sim, uma tácita aceitação, chocavam-se com a realidade histórica da construção humana sobre a Terra. E aí vinham à tona suas reflexões sobre a origem da espécie humana e sua trajetória civilizatória até o desembocar nas modernas formações sociais, cada vez mais complexas. E, nesse percurso, ele punha atenção em dois movimentos contraditórios. De um lado, o da busca da expansão territorial, pelo nomadismo ou pelo apossamento permanente das organizações sociais sedentárias, estas sempre fundadas na força da cristalização de identidades socioterritoriais determinadas pela edificação concomitante de seus complexos produtores, e, de outro, o dos valores culturais, onde a língua e as religiões sempre jogaram como fortes componentes ideológicos dos conscientes coletivos, personificadores dessas mesmas identidades. De um lado, o dinamismo inerente ao movimento do processo evolutivo e, de outro, a força estática, inercial, da permanência das estruturas. O avanço do novo sobre o velho até sua superação. O passado havia sido marcado pela multiplicação desse tecido social, composto por unidades territoriais de pequeno porte horizontal, cada qual com fortes personalidades, com feições e atributos particulares, condições para a geração de identidades diferenciadoras. Mesmo a evolução para modelos de organização da sociedade em formações que transcendiam à dimensão regional, como os Estados modernos e sua mundialização, essas desigualdades permaneciam fortes, especialmente quando não se davam a elas o reconhecimento da natureza social do pertencimento pessoal e coletivo inerentes. A simples desigualdade natural da condução dos processos de apropriação, reapropriação, valorização e revalorização da natureza pelo homem, no seu *continuum,* qualquer que fosse a etapa de sua evolução (seja na família, nas tribos, seja nos Estados modernos), acabava por gerar diversidades regionais mais ou menos importantes, mais ou menos abertas à interculturalidade, mais ou menos refratárias a assimilações e mudanças.

Cada vez mais, ao sair em busca de respostas para sua alma inquieta, inclinada aos valores da bonança e da equidade, a história real o remetia para um quotidiano repleto de injustiças e embates aéticos. A razão analítica o levava a ver, também, que as formas de organização social eram igualmente setorizadas verticalmente por estamentos e classes diversamente personalizadas. Matriarcado, patriarcado, pai, tio, velho, sacerdote, chefe, líder; escravismo, imperador, rei, junta, homens livres, soldados, escravos; feudalismo, soberano, príncipes, condes, duques, senhor, suzerano, homens simples da gleba, igreja, sacerdotes, aristocracia, famílias, comerciantes, agricultores, povo; oligarquias, burgueses, proletários, capital, Estado, colônias, empresas, bancos, exércitos, enfim, uma longa enumeração transversalmente atravessada pelo poder, pelo controle, pelos interesses subordinadores, pelas diferenças, pela dominação, pela força! Seria possível fazer tábula rasa da história para construir as utopias igualitárias tão em moda? Explicar seria uma das condições para a proposição de soluções e superações.

Mas teorizações e modelos não eram o bastante! Haveriam que existir condições materiais para sua concretização.

Ilana e Benyamin tiveram uma infância bem diferente da que seus pais haviam tido. Primeiro, porque não eram filhos únicos e, assim, puderam desde cedo estabelecer em casa uma convivência fraterna num clima de camaradagem e cooperação. As disputas infantis não passavam pela concorrência natural entre os irmãos, já que, sendo seus sexos distintos, cada um encontrava-se confortavelmente estabelecido em suas posições, sem grandes necessidades de afirmações de suas personalidades. A harmonia entre os pais e os avós; a doença de Yonathan permanentemente a exigir abnegação e grandes desprendimentos de todos; os discursos liberais sempre a embasar as orientações das decisões com relação à educação e aos comportamentos; a curiosidade em relação às coisas do mundo, que permanentemente eram postas pelo pai como fermentadoras de dúvidas e indagações; a apologia permanente à seriedade dos estudos; e a abertura para a criatividade, que desde cedo tiveram com a frequência ao comparecimento à oficina, a bondade, o carinho, a benevolência e tolerância das mulheres da casa, encarnados tanto por Avigail quanto por Shoshana, criaram internamente um ambiente ao mesmo tempo sereno e efervescente, verdadeiro crisol a despertar e orientar sentimentos e qualidades pessoais. Bem diferente dos totalitarismos familiares tão comuns na maioria dos lares. Tão próximo quanto possível dos princípios já cultivados com maior ênfase por Reuben quando este, adolescente inquieto, chegou a frequentar, no mesmo período que Franz Kafka, o Klub Mladich – o Clube de Jovens – liderado por Michal Kasha e Michal Mares, dois dos maiores entusiastas do movimento anarquista do país.

Vencidos os obstáculos do pós-guerra, a natureza das novas orientações da economia, na qual o dinamismo ditava o ritmo das transformações, impregnava o curso dos acontecimentos numa sociedade em mudança. A reforma agrária em processo, com a desapropriação das terras da igreja e dos nobres, seu parcelamento e distribuição aos camponeses; a intensa reforma social que revolucionou a área da previdência; a universalização do uso da língua checa nas escolas; uma organização financeira com nova moeda; tudo isso acompanhou o aumento da produção e da renda nacional, que, em dez anos, ampliou-se quase seis vezes, com uma diminuição sensível do desemprego, após os anos da crise inicial. A população do país cresceria, porém, a um ritmo menor que a das maiores cidades.

Enfim, até a grande crise mundial de 1929, a atmosfera era de certa euforia nas áreas de maioria eslava. Ilana e Benyamin, pela primeira vez na família, tinham a língua nacional como a matriz das comunicações. Não aprenderam suficientemente a mame-luschen, a língua materna, no caso, o ídiche com padrões linguísticos eslavos, componente importante, como toda língua, no plano da conservação das estruturas culturais dos asquenazitas. Esse fenômeno já não era estranho entre as comunidades judaicas da Europa. Dos 10 milhões de judeus, cerca de 3 milhões já não falavam o ídiche. Ele era, porém, um fato generalizado na Europa Oriental, onde mais de 5 milhões ainda o mantinham em pé de igualdade com as línguas nacionais nativas. A estrutura escolar do país passa a ter na obrigatoriedade da língua checa um instrumento fundamental da uniformização do padrão oral e escrito do novo universo cultural buscado pelo núcleo de poder.

Reuben logo se deu conta de que os filhos já não mais seriam uma cópia dos pais, uma geração mais nova. Esse despregamento, fruto da ruptura dos antigos cordéis de uma reprodução social pouco dinâmica e estruturalmente conservadora, abriria oportunidades para a frutificação de novas liberdades de sentir, pensar, agir.

6
Certezas e incertezas

A nova década parecia começar anunciando dias difíceis, tanto em casa como no país. A crise da economia mundial, deflagrada pela derrocada das bolsas de valores na América longínqua e na Europa, turvava os horizontes da estabilidade, da segurança, pondo todos numa defensiva expectativa repleta de incertezas. Yonathan, depois de meses de acentuada trajetória de declínio de seu estado de saúde, saiu, em definitivo, da letargia dos longos anos de vida quase vegetativa para ingressar no corredor estreito, escuro e curto da agonia. A luta havia sido longa e impertinente. O sofrimento, um corrosivo e indesejável peregrino dentro da casa. Aquela velha cama, o último baluarte contra a morte, como costumava dizer quando ainda consciente, foi sendo paulatinamente testemunha de uma contraditória manifestação espiritual de toda a família, em que a sensação coletiva de alívio vinha mesclada pela pungência de uma dor sem tamanho que aquele final carregava. O coma, decorrente da natural maturação de sua ininterrupta falência física, não durou mais que um quarto minguante para desaguar no ocaso definitivo desse programado momento da natureza dos viventes. Por mais que esperada, a partida de Yonathan feriu imensamente a todos os seus satélites. Avigail, que já vinha acusando os golpes da infalibilidade da chegada da Parca, a cada dia mais anunciada, recolheu-se em seu luto espiritual como se fosse esse o seu papel no último episódio de um drama iniciado há uma década. Reuben e Shoshana se sentiram como que amputados com o desenlace. As crianças, que cedo se apegaram ao avô pelo excesso de carinho que dedicaram a ele e pela reciprocidade de um lânguido olhar sempre adocicado pelo sorriso esboçado quando de suas presenças, talvez tenham sido as que mais sofreram com o acontecimento. Ninguém soube explicar por que, naquele dia de forte ventania e de súbita queda da temperatura, o contrabaixo amanheceu com uma de suas cordas partida.

A mortalha branca já há muito estava bem guardada na gaveta da velha cômoda. Avigail, ciente e conformada pela assertiva de sua religião de que todos não passavam de hóspedes temporários da Terra, já estava preparada para o ritual que, para ela e para os demais da casa, demorou demais para chegar. Não havia razão para esticar o tempo de padecimento que todos enfrentavam, especialmente para Yonathan, cada dia menor e mais leve. Lavá-lo, para a purificação almejada, não foi tarefa difícil para a esposa e a nora. O caixão encomendado era, como o costume exigia, o mais desprendido possível. Simplesmente uma caixa retangular de pinho, sem verniz ou qualquer ornamento, tendo o fundo apenas parcialmente fechado. Era da tradição deixar que o corpo sem vida entrasse o mais rápido possível em interação com o chão bruto, numa trajetória onde a decomposição o internalizasse à terra como se a ela estivesse voltando. O corpo, depois de vestido, teve sua parte superior envolta no talit usado quando Yonathan comparecia à sinagoga para suas orações. Era um velho xale de linho branco e azul com longas franjas peroladas que Avigail há poucos dias havia alisado com seu pesado ferro a carvão. Em seguida, foi envolto no sudário branco e não deveria ser mais visto. Seria, assim, igual a tantos outros de seu povo. Fecharam o ataúde e o reverenciaram até o dia seguinte, quando o levaram ao Novo Cemitério Municipal Judaico, inaugurado em 1891, a 3,5 quilômetros do centro, a leste da Mãe de Todas as Cidades, no distrito de Žižkov, já conurbado à capital pela expansão urbana em rápido processamento. A presença de um grande número de amigos deu à cerimônia, no momento da recitação em coro das palavras de Jó – "O Senhor deu, o Senhor tomou" –, um sentido mais solidário à finalidade de, com elas, lembrar a harmonia existente entre a vida e a morte. Foi fazer companhia a Franz Kafka, que havia seis anos, quando foi vencido pela tuberculose, tinha sua lápide plantada num canteiro próximo dali. As garras da cidade, como o escritor um dia havia dito, não os haviam deixado ir embora.

De volta à casa, cumpriu-se por uma semana, internamente, o mitsvá[30] positivo do "sentar-se em shivá", o mandamento do luto familiar sempre repartido com os visitantes que comparecessem à residência para se solidarizar com os enlutados, fazendo-lhes companhia. Shoshana, sabendo de como o ceticismo do marido pesava na interpretação dos rituais religiosos, mas atendendo à expectativa do pai, fiel cumpridor de todos os preceitos da religião, pediu a Reuben que deixasse de fazer a barba durante o shloshim,[31] período de luto relativo dos 23 dias subsequentes à shivá.[32] Reuben, de maneira muito astuta, usando a mesma lei judaica como argu-

---

[30] Corresponde a cada um dos 613 mandamentos contidos na Torá e em qualquer lei rabínica em geral.
[31] É o segundo nível do período do luto. Vai do oitavo ao trigésimo dia após o funeral.
[32] É o retiro do enlutado em sua casa nos sete primeiros dias do luto. É da tradição que o enlutado não deve sentar-se em cadeiras de altura normal e, sim, mais baixa, próximo à terra, como encenação simbólica da solidão, remorso e desolação.

mento, se desembaraçou do pedido da esposa, afirmando que não era aconselhável aos vivos guardar luto após aquele período, já que a barba crescida seria uma demonstração clara, explícita, de luto exagerado, coisa não permitida pelos textos sagrados.

Com 10 anos, Ilana já dava evidentes sinais de que seria uma menina precoce também no plano de seu desenvolvimento físico. Seu espigado chamava a atenção de quantos a vissem de perto. Esse seu porte se salientava ainda mais pela postura de liderança que sempre a acompanhava, estivesse em casa, na escola ou, simplesmente, entre seus amigos. Desenvolta e voluntariosa, marcava presença com sua fala escorreita, repleta de opiniões pessoais, rica em argumentos lógicos e base de uma predisposição visceral para agir sem ser mandada. Benyamin, desde cedo, encontrou seu lugar através de um comportamento mais cooperativo que subalterno, situando-se como se da irmã fosse um fiel escudeiro. Pareciam duas peças de um mesmo mecanismo, tal a afinidade das direções em que se moviam. Havia uma espécie de cumplicidade que os levava a uma articulação complementar, quaisquer que fossem a hora e as opções, movida pelo mesmo interesse em buscar explicações fora da repetitividade dos modelos da pedagogia escolar, por mais que a política educacional fosse, naquele momento para o país, inovadora e revolucionária. Esse espírito inquieto e essa inclinação para o novo pareciam ser a projeção concreta da alma paterna, havia muito encarcerada entre as paredes da responsabilidade familiar e que o fazia sentir-se um animal domesticado. Agradava ao pai ver-se projetado nos filhos e tudo fazia para empurrá-los para fora do passado, através dos mais variados incentivos para as necessárias ousadias construtoras do futuro.

Assim que Ilana, meses depois do passamento do avô, demonstrou interesse em conhecer os sons do contrabaixo, mais disponível que antes, o orgulhoso pai se pôs em ofícios para voltar a dar ao instrumento a necessária condição para uma exploração frutuosa e consequente. Parecia ter encontrado na filha a compensação material para a frustração que havia causado ao pai, por ter desistido de ser aquilo que o velho quisera um dia que ele fosse. Como se aquele pendor demonstrado pudesse vir a ser uma satisfação para seu espírito devedor, ele logo procurou equipar o instrumento com novo encordoamento, ao mesmo tempo que, incentivando, colocou Ilana em contato com músicos amigos do pai, para uma busca de caminhos a uma devida instrução musical. Apesar de uma certa incompatibilidade momentânea entre as grandezas físicas do sujeito e do objeto, Ilana logo se pôs de cabeça no estudo e, mesmo com certa dificuldade, volta a dar à casa a sonoridade perdida com a doença do avô. De fato, o contrabaixo era de bom tamanho e seu peso, compatível com a qualidade do material de que era feito. Mas, como o avô, a menina, seguramente, teria porte, tamanho de braços e mãos suficientes para subjugá-lo.

Benyamin aceitou com muita naturalidade aquele interesse da irmã, não deixando de dispensar a ela sua companhia atenta durante seus primeiros ensaios. Quando o interesse inicial de Ilana transformou-se, em definitivo, numa decisão apaixonada pelo instrumento, que a levou a trancar-se em seu quarto por longos períodos de repetitivas escalas e exercícios de intensidades variadas de força do arco sobre as cordas, Benyamim inclinou-se para os livros e passou a frequentar, com mais assiduidade, a oficina do pai, não muito distante da esquina da Lidická, lá nos baixios próximos à ponte Jiráskův. Nessas ocasiões, ensaiou o aprendizado dos fundamentos da ourivesaria, mas pareceu não ter a paciência, a meticulosidade e a concentração necessárias para levar avante o interesse por aqueles ofícios. Isso não desagradou a Reuben, que desejava para o filho um outro sentido profissional não mais ligado à imposição hereditária das bancadas do artesão e, sim, ao novo universo de afazeres oferecido por um espectro de profissões, fruto do movimento de transformação das estruturas de produção por que passava o país. Queria para o filho algo ligado a saberes mais intelectualizados, que tivesse na academia sua fonte de inspiração e formação. As conversas travadas na oficina sempre eram guiadas pelo projeto do necessário despertamento dos interesses pelas coisas das ciências e das letras, estas francamente favoritas do menor. O pai sentia que estava florescendo certa inclinação para o mundo do encantamento literário, onde os textos que tratavam de propostas ficcionais, visionárias, envolvendo aspirações de novos universos, civilizações ou simplesmente o romance mais mundano das relações interpessoais eram os que mais aguçavam a curiosidade e o interesse do filho. A música e as letras, enfim, a arte e a liberdade de estar em outras dimensões com criações de propostas de vivenciar realidades que não as do cotidiano mundano, traziam, mais ao pai que à mãe, certa alegria interior. Esse sentimento tinha, muitas vezes, que ser contido para não desobrigar nem Ilana nem Benyamin de seus deveres escolares, cada vez mais importantes à medida que avançavam para os graus superiores de uma formação formal responsável. Disciplina e liberdade eram duas condições só aparentemente contraditórias na busca da construção dos espíritos inquietos e criativos. Sabiam os pais que toda e qualquer ideia madura de produção, necessariamente, envolvia as dimensões do esforço, da obstinação, da pertinácia, caldo de cultura para a fecundação de qualquer tipo de resultado. Saber positivo em boa escala, referenciais teóricos consistentes, teriam maiores chances de concretizar-se em inspirações e ações consequentes se viessem acompanhados de uma visão crítica e liberta da realidade objetiva, de uma boa dose de intuição inovadora e de muita disposição para os esforços de natureza física. Era imperioso estimular essa conquista de instrumentais, que não viria de uma só vez. Ela era paulatina, às vezes reticente e até mesmo substitutiva, porém cumulativa. O importante era não cair no conformismo do saber fechado, estanque e reacionário.

Sabia o pai que isso poderia dotar os filhos de personalidades nem sempre admiradas pelas exigências de um mundo ávido por resultados materiais compatibilizados com os valores de uma sociedade hedonista e imediatista, onde o que cada vez mais importava era o lucro fácil e desprovido de preceitos éticos. O sistema que fazia a riqueza da Europa, e já da América, não permitia desvios de conduta, aliás, como nenhum outro da história das civilizações. Ou os homens se ajustavam a ele ou estariam fora do jogo, quando não faziam o papel de inimigos. E os inimigos são sempre um contraponto importante, qualquer que seja sua natureza e a visão que se tenha dele. Desde que não haja unanimidade, o inimigo se faz presente. Portanto, ele é peça fundamental da história. Ela só avança na luta contra os inimigos. Um homem, um animal, uma intempérie, um rebelde, uma ideologia! Onde estamos como inimigos? Isso vai depender dos valores em que acreditamos e defendemos. E do quanto se tem de poder. Um gafanhoto é apenas um inseto, mas uma nuvem deles pode ser uma desgraça! De qualquer maneira, o cultivo do sentimento de não pertencer ao redil seria por demais compensador. A rebeldia pode prestar bons serviços ao homem, lembrava Reuben, inspirando-se em Galileu.

A crise econômica que assolou o mundo nos primeiros anos de 1930 refletiu-se no país através de uma generalizada queda de produção, tanto na indústria quanto na agricultura. A desorganização do mercado internacional transpareceu imediatamente na estrutura econômica interna, ainda mais intensamente pelo fato do aumento do índice de inserção do país nas engrenagens do sistema internacional capitalista, dominado pelas potências estrangeiras, fabricantes da crise. A retração da capacidade de consumir, reflexo da abrupta queda da renda nacional, veio acompanhada de uma crescente massa de desempregados e da ameaça de fome em algumas áreas dos Cárpatos. A capital, assim como outras cidades que concentravam unidades de um parque industrial já bastante diversificado, foram obrigadas a conviver com os problemas derivados da retração das vagas de trabalho. Reacendeu-se a fogueira das minorias contra a visão de uma nação checa e eslovaca, centralizada sob a liderança política dos primeiros. Os movimentos de oposição à unidade nacional se fortaleceram com os pleitos vindos do exterior, como os reclamos da Polônia, por uma Silésia autônoma, e os da Alemanha, reforçando os pedidos idênticos das áreas de fala alemã dos Sudetos. Cresceu a energia dos autonomistas eslovacos, que desembocaria na formação de correntes politicamente sólidas, até então ilegais por não aceitarem a existência de um Estado unitário. A inconsistência política, derivada da formação compósita do território quando de sua institucionalização como país independente, produziu uma onda generalizada de xenofobias e intolerâncias. A fragmentação do Estado, não sendo mais uma questão episódica, permaneceu viva, como se impregnada por um pecado original.

Na vizinha Alemanha, a República de Weimar não dava conta dos anseios nacionalistas, engasgada que estava com o gosto amargo das derrotas provocadas pela guerra. Recém-implantada, em janeiro de 1919, enfrentou o levante operário de Berlim, de inspiração espartaquista, que tinha em Rosa de Luxemburgo, a Rosa Vermelha, fundadora do Partido Comunista Alemão, sua mentora intelectual. Seu covarde assassinato e de seu companheiro Karl

Liebknech por paramilitares a mando da liderança social-democrata que assumia o poder, sepultou um movimento que preconizava um outro mundo possível, revolucionário, socialista, mas antibolchevista, um mundo impregnado de um espírito positivo e criador e não do espírito do vigilante noturno, como havia afirmado, em 1904, quando reptava Lênin. Sua morte foi emblematicamente tida como a última barbaridade do Império e a primeira do nazismo. Internamente, o caldo de cultura era favorável à radicalização conservadora da burguesia nacional. Esta tinha no projeto do Partido Nacional Socialista dos Trabalhadores Alemães sua plataforma de controle do poder, através da instauração de um governo autoritário e preconceituoso que atribuía ao capital internacional, aos liberais, judeus e comunistas o caráter de inimigos, responsáveis pela derrota e a consequente situação de inferioridade alemã no pós-guerra. Rosa era judia, Marx também! Já em 1933, começavam as ondas de refugiados alemães, contrários à ascensão do nazismo, para as terras checas. Ao mesmo tempo, parcela dos alemães dos Sudetos aderia à causa nacional-socialista, convertendo-se em instrumento importante da política expansionista alemã, com a intensificação de sua luta pela anexação à Alemanha.

De um lado, a Alemanha em processo de nazificação. De outro, a União Soviética sem Lênin, sem Trotsky, nas mãos dos comunistas em um só país, a desperdiçar a oportunidade de transformação oferecida pela história com a cristalização da supremacia burocrata-militar stalinista. De qualquer maneira, o ideal comunista varria a Europa e o mundo, fazendo da igualdade entre os homens uma bandeira de luta contra a opressão do domínio de classe, aprimorado pelo avanço do capital monopolista. Boa parte dos jovens, da classe operária, dos sindicatos, dos intelectuais, da pequena burguesia urbana liberal, mais em uns que em outros países, inclinava-se ao engajamento partidário nas correntes políticas de esquerda.

O grau de escolaridade, as influências paternas, a abertura para o entendimento do sentido político que era o viver contemporâneo ocidental, a consciência de que só a prática seria capaz de dar objetividade aos ideais de mudança na direção da justiça e da equidade levaram muito cedo tanto Ilana quanto Benyamin a inscrever-se nas fileiras da juventude comunista checa. Eram quase crianças ainda, mas a maturidade intelectual e a firmeza de propósitos dos que creem os faziam conscientes de que aquela opção daria um sentido mais magnânimo à vida. Nada disso tinha a ver com o fato de pertencerem a uma comunidade que já havia assistido a uma história feita de preconceitos e diásporas nem com as ameaças que novamente rondavam os que eram identificados como tais. Assim como tantos outros marxistas, eram contra qualquer forma de opressão à igualdade com liberdade e a favor da concretização de uma ordem social onde os valores contidos no ensejado humanismo daquele pensador pudessem ser experimentados concretamente à margem das abstrações e dos revisionismos. Não se davam conta de que esse humanismo concreto remetia a uma aspiração finalista de emancipação humana, teoricamente preconizada após a ocorrência das revoluções proletárias e da desalienação do trabalho. O de Marx era um humanismo datado, fundado na crítica à realidade concreta de um mundo, de um Estado, de uma sociedade, de uma economia, de um direito, de uma política, de um homem e não uma simples ideia, um conceito, um devaneio intelectual iluminista. Idealistas, evidentemente romantizados por uma boa dose da ingenuidade juvenil, deixavam transparecer em todas as suas ações a pertinácia dessa opção de vida. Reuben não os castrava. Apenas os advertia de que nada costumava acontecer sem esforço e responsabilidade.

Se era importante mudar, era mais importante saber por que mudar. E isso exigia o esforço intelectual da compreensão de saberes explicativos, fundamentais às decisões soberanas do espírito, fora das tendências dogmatizadoras das posições, que, de hábito, cegavam as pessoas em relação às condições materiais que davam cor e peso à objetividade do mundo. Na árvore das sociedades humanas, a maior parte das conquistas coletivas eram frutos de processos lentos de maturação. Quase nunca havia compatibilidade temporal entre a semeadura e a colheita, entre o concorrer e o usufruir.

Shoshana e Avigail, mais plantadas no chão da história material, sentiam-se incomodadas com os entusiasmos fora de seus controles. Egoísmos à parte, gostariam de ver as "crianças" em segurança, com um projeto de vida mais conservador e menos instável. Em relação a Ilana, mais precoce em tudo que fazia, mais decidida, mais teimosa, mais atrevida inclusive, até o pai franzia o cenho com certas opções julgadas prematuras. Era o caso do namorado que arranjara no colégio, dez anos mais velho que ela. Seu professor de línguas estrangeiras no liceu, intelectual poliglota, filho de uma família burguesa de tradição aristocrática, fazia gosto a todos – por que não? –, com exceção do fato de que achavam ser ainda impertinente tamanha fixação e dependência. Esse romance, porém, em nada roubava o entusiasmo de Ilana pelas coisas da escola, da casa, da família. Muito menos pela dedicação à música e à prática política. Pelo contrário! Antonin Maskovat era um grande incentivador dessas tendências e qualidades de Ilana. Ao mesmo tempo que demonstrava seriedade e respeito em seu relacionamento com ela, dedicava-lhe uma grande admiração, perceptível nos menores gestos de galanteio. Era um dândi, extremamente gentil e polido em seus gestos, tido como mestre competente, além de infundir respeito na comunidade pelas posições assumidas em relação à implementação de medidas progressistas nos programas de divulgação cultural da cidade. Ainda jovem, exercia já certa liderança nos meios intelectuais, também pelos seus préstimos em verter para a língua nacional uma quantidade respeitável de textos escritos por poetas de outras línguas. Ele mesmo era autor de algum número de contos, que jornais e revistas literárias se encarregavam de divulgar. Havia ganhado recentemente uma comenda do governo municipal pela sua contribuição ao enriquecimento da bibliografia em língua eslava de produções alemãs, inglesas, francesas, húngaras e italianas.

 Benyamin tornou-se um jovem mais introvertido, mais meditativo depois que Ilana ganhou asas fora de casa. O namoro com o professor a fez amadurecer em seus gestos e em seu comportamento, soterrando logo seu ar juvenil. O irmão foi quem mais sentiu essa mudança, pois Ilana era um referencial importante em sua vida sentimental. Ele, pela primeira vez, sentiu o que era ciúme. No fundo, queria Ilana só para ele. O ensimesmamento decorrente da perda relativa sofrida com o afastamento da irmã de seu dia a dia o levou a uma dedicação maior às causas do Partido, que o fez tornar-se um colaborador atuante na pequena gráfica da Rua Kremenkova, onde algumas linotipos russas, com alfabeto latino, já operavam na produção e reprodução de panfletos de propaganda e mobilização, assim como de textos para as discussões internas das diferentes células em que se repartiam os adeptos da causa. Pouco mais que um menino na aparência, ele se comportava como responsável adulto na execução das tarefas que lhe cabiam, especialmente aquelas ligadas à arregimentação de simpatizantes entre seus colegas de escola. Sem ainda o poder de entender a profundidade dos textos da teoria marxista-leninista, ele se impunha diariamente leituras propedêuticas a respeito da trajetória do pensamento da esquerda, através das contribuições que circulavam entre os grupos de estudo, assim como das análises que eram feitas sobre a situação da política nacional, europeia e mundial. Cada vez mais esses textos mostravam a preocupação das lideranças dos movimentos liberais com o que vinha ocorrendo na vizinha Alemanha, que articulava internamente um projeto político extremamente preocupante pelas decisões tomadas pelo Partido Nacional Socialista Operário, no que tocava à centralização do poder nas mãos de seu Chanceler e pelas palavras de ordem visando uma mobilização popular na direção de um exacerbado nacionalismo belicista.

O pai, quando em vez, era instado a ler alguns textos, que deliberadamente eram deixados por Benyamin nas bancadas da oficina. Não aprovava de todo aquelas instruções recebidas pelo filho, vendo nelas certo desvio tático pelo excesso de palavras de ordem revolucionárias, quando vinculava, como única alternativa para as mudanças preconizadas, a via do enfrentamento contra os capitalistas e o Estado burguês através da ação soberana dos sindicatos, dos estudantes e do proletariado em geral. Preferia a via do entendimento à do confronto entre as classes – como se isso fosse possível de ser alcançado pelo equilíbrio de forças e pelo poder conciliador. Costumava dizer sobre a inclinação pacifista inerente aos homens, acreditando ser sobre a essência do ser social seu caráter de homem bom, como queria Rousseau.

Sonhos românticos de um pequeno burguês, dizia Benyamin, que via o pai preferir manter as coisas como estavam, porque elas eram favoráveis à manutenção de seu status de partícipe da repartição das migalhas que sobravam aos estratos funcionais intermediários na produção capitalista. O pai não tinha a noção de formação social para perceber que, como artesão, mesmo não operacionalizando em sua produção um modo nitidamente capitalista, ele estava subordinado a ele no plano da determinação global da sociedade à qual pertencia. O pai, no fundo, não se podia negar, era um livre pensador, idealista, pacifista. Era um homem de coragem, com luz própria. Havia rompido com uma série de compromissos, dos quais os religiosos talvez fossem os mais radicais, e desenvolvido uma visão iluminista do mundo, que preconizava a justiça com harmonia social, sem se colocar como o nó górdio das injustiças, as questões do poder de classe sobre a produção e o Estado.

O distanciamento da religião e da sinagoga só faziam Avigail e Shoshana sofrerem um pouco mais a subordinação familiar, que lhes havia imposto a tradição patriarcal. Sentiam-se, de certo modo, responsáveis pela falta de sentido dada à religião pela nova geração. Achavam que, na luta travada entre os dois oponentes presentes no interior das "crianças", o pior havia levado vantagem na determinação de seus comportamentos. Nada podiam fazer para expiar o que achavam ser erros de terceiros. De qualquer forma, procuravam observar com maior intensidade as centenas de mandamentos positivos e negativos contidos na Torá, não se descuidando das orações, da ajuda aos necessitados, dos arrependimentos pelos erros cometidos e da observação anual do Yon Kippur.

A aceitação do mundo como ele era, dada pelos paradigmas da história sobrenaturalizada pelos valores da ideologia religiosa, muitas vezes as fazia sofrer além do necessário. Os avós maternos, pais de Shoshana, menos liberais e por isso mais desgostosos, radicalizaram suas posições. Foram se tornando, com o evoluir das orientações tomadas na educação dos netos, cada vez mais distantes fisicamente, reticentes nos aconselhamentos e contrários, muitas vezes, às ajudas materiais necessárias. Diziam que não podiam fomentar aquilo que achavam ser a própria infelicidade familiar.

Enquanto isso, medravam na vizinha Alemanha as precondições de sua transformação em Nação de importante indústria bélica voltada ao projeto de ampliação territorial de seu poder através da instauração de um governo de partido único, de um comando superior dogmático, arrogante, populista, que arregimentava e sensibilizava as massas populares através de um discurso nacional ufanista, preconceituoso e revanchista, que fazia reviver o movimento *volk*,[33] elegendo, de maneira muito sagaz, como inimigos da germanidade, a soberania de alguns países estrangeiros, a democracia liberal burguesa, a ideologia comunista, algumas minorias como os judeus, ciganos e homossexuais. Por trás, o apoio material da burguesia conservadora e dos grandes consórcios capitalistas alemães, clientes da expansão da produção bélica, como os grupos Krupp e I.G. Farben (Agfa, Basf, Bayer, Hoechst), por exemplo, que cresciam a ponto de se converterem em importantes produtores siderúrgicos, metalúrgicos e químicos no mundo.

Se a República de Weimar não havia conseguido, pelo pluralismo de interesses de seu projeto político e pela decorrente transformação dessa instância em espaço de embates entre particulares, uma identificação do povo alemão com o Estado, o movimento nacional socialista, comandado por Hitler, pôs-se como instância mediadora da construção dessa comunhão política solidificadora da unidade republicana alemã. Restaurada a economia pelo forta-

---

33 Na Alemanha, movimento histórico de inspiração xenofóbica, que pregava a volta às origens camponesas, que combatia tudo aquilo que fosse julgado corruptor da "cultura do povo", isto é, daquilo que não emanava de seu habitat natural, de sua paisagem. Está na origem do moderno sentimento antissemita quando imputava aos judeus o fato de serem uma comunidade sem raízes que, através de suas atividades comerciais e financeiras, exploravam os camponeses, concorrendo para a criação da alienação do mundo burguês e proletário.

lecimento da burguesia nacional, cuja base produtiva bem soube se utilizar da sobrevalorização da mão de obra após os anos da crise de desemprego, baixando os salários e estendendo as jornadas de trabalho; fortificada a retaguarda da segurança interna, com o direcionamento da produção e aplicação de novos conhecimentos no sentido da militarização; eliminados os partidos políticos oposicionistas, assim como toda e qualquer ameaça, fosse ela institucional, grupal ou pessoal; consolidada a ideologia nacionalista, que fazia do arbítrio uma legenda legitimada pela conquista do apoio popular, parecia unicamente faltar à Alemanha verificar o grau de interesse e disposição de seus vizinhos julgados mais fortes a uma retaliação em caso de reivindicações ou ações visando conquistas ou reconquistas territoriais por sua parte.

Reuben, que conhecia muito bem a história da construção dos impérios antes e depois do medievo europeu, reconheceu que a guerra interimperialista não havia terminado em 1918. A chegada tardia da Alemanha, Itália e Japão ao movimento colonial de expansão territorial que havia, nos últimos séculos, proporcionado o alargamento das fronteiras dos Estados já centralizados da Europa Ocidental, como a Inglaterra, França, Espanha, Portugal e Países Baixos, ao mesmo tempo que proporcionado seu consequente enriquecimento econômico, alimentava a intenção alemã de construção de seu "grande território", reivindicando a incorporação dos espaços de fala germânica numa só unidade política e trabalhando a ideia de "espaço vital", com os interesses voltados à conquista das áreas próximas, ricas em recursos minerais e agrícolas. A América, a África e a Ásia já haviam sido repartidas e, dessas terras, pouco havia sobrado aos Estados europeus que tarde se unificaram para formar um só espaço de interesse do capital, um só mercado enfim. Ao projeto alemão em curso, interessava uma expansão de domínio de natureza intracontinental. A paz duradoura, tão esperada após o conflito de 1914-1918 pelos países vencedores, sentia-se estar com os dias contados. Andava no fio da navalha. Para Reuben e para as comunidades que não possuíam suas almas identificadas com um habitat natural, como se propalava na Alemanha, o período de relativa segurança, que vinha desde a liberdade de culto proclamada pelas reformas iluministas de Josef II, no final do século XVIII, estava novamente ameaçada. O velho bairro de Josefov, cujo nome homenageava este Habsburgo, Imperador do conglomerado do Sacro Império Romano-Germânico, via-se novamente diante da ameaça do preconceito e intolerância que o havia levado à sua original guetificação. Reuben pressentia o revanchismo em ebulição no país vizinho para onde havia imigrado um bom contingente de judeus das terras russas, após a revolução bolchevique de 1917, com as permanentes notícias das dispensas do trabalho de integrantes da comunidade judaica. A história tinha tudo para se repetir. E, desta vez, ele antevia. A farsa poderia ser ainda uma tragédia maior.

A preocupação com a mãe, esposa e filhos se redobrou. Justo agora que o país havia encontrado, finalmente, uma identidade com a emancipação política e a definição de um projeto de construção de uma unidade nacional? A independência se consolidava com a boa performance econômica, que fazia dos territórios checo e eslovaco um dos espaços mais promissores da Europa. Certo é que havia feridas não cicatrizadas num tecido nacional multiétnico, onde minorias reclamavam independência ou filiação a outras nações vizinhas. Mas, de qualquer forma, as finanças da casa estavam totalmente arrumadas, com a expansão da solicitação de suas artesanias por um mercado urbano em crescimento. Os filhos, de boa índole, estudiosos, carinhosos dentro e fora de casa, já se tornando adultos e com interesses que apontavam para um futuro, onde objetivos e responsabilidades eram duas qualidades permanentes. As mulheres da casa praticavam um desmedido entendimento pessoal que se refletia, com extrema clareza, nos cuidados com que traziam a administração das coisas mais simples e que fazia do todo um ambiente de harmonia constante. Tudo isso ainda passava a ter a companhia da sonoridade profunda e cada vez mais melodiosa, retirada das peças escritas para contrabaixo que Ilana não se cansava de aperfeiçoar. Havia mais que motivos para que Reuben temesse uma alteração de rota dos acontecimentos e que a bonança, duramente construída, fosse colocada em xeque. Lembrando Jean Jaurès, via nas nuvens do céu de sua Cidade dos Cem Pináculos armar-se uma tempestade, que anunciava um duro embate entre os interesses imperialistas.

7
O golem

A inquietação silenciosa de Reuben, face à realidade vivida por ele, pelo país e pela Europa, extravasava-se em comportamentos pessoais pouco comuns em relação aos filhos e à casa. Passou a irritar-se com frequência quando Shoshana apresentava-lhe certas observações sobre o cumprimento de rituais contidos na liturgia hebraica, que o ceticismo fazia muitas vezes o marido esquecer o próprio compromisso interno de não corromper os hábitos dos que eram crentes em casa. Pela manhã, ao acordar, diariamente via cobrada a realização da berakah[34] mais genérica e abrangente, que é aquele agradecimento relacionado à vida em si mesma. A casa, pela tradição, sempre foi tida como um templo e a mesa como o seu altar. Era nele, quando das refeições, que se fazia a principal celebração cotidiana. Justamente nessa particular prática que Rueben, como pai, tido como sacerdote por natureza, costumava escorregar pela pressa com que ultimamente comparecia ao ato coletivo da refeição. O ritual de repetir o agradecimento à produção do

---

34 Bênção, louvor, gratidão. Para cada coisa ou momento da vida, deve existir uma gratidão. Sua prática está no centro da espiritualidade judaica.

pão da terra, às vezes, era atropelado pela ânsia de voltar à oficina, onde sentia crescer ultimamente o apelo ao seu trabalho, fruto da escassez muito rápida dos artesãos na cidade.

O progresso trouxe a modernização, e esta, madrasta da tradição, atropelava as formas de produzir de um passado ainda vivo. Em decorrência, com menos solicitação, as oficinas tradicionais desapareceram, oferecendo lugar somente àquelas que souberam se acomodar à quantidade e à qualidade das encomendas. Reuben, herdeiro das habilidades, competências e reputação de Yonathan, via aumentar sua clientela, então composta também por uma infinidade de pequenas indústrias intermediárias na produção de componentes de muitos produtos novos no mercado. A ajuda de Benyamim não supria a necessidade de colaboração no setor de reparos de aparelhos de medição fina, dada a inconstância de sua participação e o peso das atividades externas de estudo, que o pai fazia questão de preservar como fundamentais. O shabat, descanso semanal obrigatório tido como o tempo do sagrado, com proibição ao trabalho, em oposição ao resto da semana, ocupado com as coisas profanas, passa a ser para Reuben um contrassenso em relação à realidade, já que ele vinha, há muito, se tornando cada vez mais um não praticante, um agnóstico e, em certos momentos, até se dizendo ateu. Quando Shoshana o via sair para a oficina no correr do shabat, mentalizava imediatamente uma berakah, porque, segundo o Talmude, mesmo o mal era obra divina que devia ser agradecida, pois no fundo visava o bem. Reuben, mais uma vez usando em sua retórica defensiva argumentações buscadas na mesma fonte do acusador, dizia que seu ato estava imbuído da melhor kavaná,[35] afirmando que o trabalho que iria realizar era uma ver-

---

35 É a intenção, o ato deliberado de realizar algo. Na oração é a devoção.

dadeira oneg,[36] motivada que era pelo maior sentimento de prazer. Era uma sabedoria, essa forma arguta de encontrar nos textos tidos como pétreos uma leitura ajustada aos interesses e necessidades dos tempos históricos, dinâmicos em si mesmos. Ele dizia, citando Lutero, Calvino e Zuínglio como exemplos, que ou os princípios da ideologia se ajustavam às bases materiais da sociedade, ou estariam fadados a desaparecer, tornando-se obsoletos. Aliás, o próprio judaísmo não era monolítico na leitura de seus valores, como bem atestava a existência das diferentes vertentes de interpretação da Torá, ortodoxa, conservadora ou reformista.

Com Ilana, as coisas iam melhores. Ela compreendia o pai e dava-lhe razão, muito embora nunca isso fosse demonstrado de forma ostensiva, para não magoar a mãe e a avó. Havia entre os dois uma cumplicidade surda, porém manifesta nas confidências que eram trocadas e sempre guardadas como inconfessáveis segredos. Um desses segredos estava contido na longa conversa que ela teve com ele, num fim de tarde, nos fundos da oficina, para onde ela, como desculpa, havia levado o contrabaixo para um pequeno conserto nas cravelhas. Bem que isso poderia ser verdade, porém do ponto de aperto de uma das cordas, que não conseguia afinar, sabia ela, seu pai daria conta em casa, de tão simples que era. Nesse dia, ela quis a opinião do pai sobre uma decisão que havia tomado, mas ainda não posta em prática. Era sobre seu rompimento com o Professor Antonin.

Sua argumentação transitou rapidamente pela importância que vinha tomando a diferença de idades, razão do aparecimento

---

36 Um evento comemorativo. Por exemplo: um oneg shabat é a cerimônia festiva das sextas-feiras, após os serviços religiosos, em torno de uma mesa farta de comida e vinho.

de alguns obstáculos no melhor entendimento que já haviam tido. A dedicação continuada ao instrumento e a intensidade de ocupação de suas horas com os estudos no Conservatório e nos ensaios de sua orquestra vinham sendo objeto constante de desentendimentos e dissabores. Antonin queria mais tempo para si, e Ilana não estava disposta a interromper sua trajetória de musicista em favor de uma causa que considerava ainda muito cedo para abraçar. Começou a ver no namorado a prática de atitudes egoístas e possessivas, para não dizer um tanto narcisistas. Ela não almejava a constituição de uma família tão cedo na vida, como ele queria e como ainda era extremamente comum entre as mulheres. Seu voluntarismo e sua autoconfiança projetavam para ela uma vida mais liberta e longe das amarras representadas pelo casamento. Afinal, ela percebia claramente que havia um movimento de renovação nos valores sociais que, mais cedo ou mais tarde, acabariam por acarretar uma libertação maior da mulher no seio da sociedade ocidental, ainda extremamente controlada pelos homens. Porém, esse não era o nó da questão.

Ilana foi percebendo nos últimos tempos seu Professor se distanciando da posição anteriormente assumida de simpatia e apoio às questões ligadas às causas do Partido Comunista, do qual ela era, como o irmão, defensora intransigente. Com o crescimento de sua notoriedade como intelectual atuante, ele se viu cooptado pelo poder oficial na forma de um consultor permanente para as coisas da cultura na cidade. Ao ganhar um cargo burocrático numa repartição do governo, pareceu ter se sentido agraciado com a tiara do poder. Assumiu um ar de arrogância, particular dos que apresentam uma vocação para ocultar sua própria torpeza. Aquele entusiasmo que passou a apresentar com as ações colaboracionistas a uma política que ela, Ilana, rotulava de populista, a fazia irritada e desconfiada. Seu radicalismo, fundamentado em boas, mas vulgares, argumentações ideológicas, parecia não perdoar o que ela já classificava como sérios desvios de comportamento, traço de união para composições eticamente espúrias. Confessou que ainda gostava dele e que seria muito difícil o rompimento. Sabia, mais que ninguém, que Antonin nutria por ela uma estima que dificilmente ela chegaria a encontrar em outra pessoa. Não sabia dizer qual a razão de o amor, naquela hora, não ser capaz de sobrepujar sua ideologia política. Estaria ela sendo por demais radical? Ou ainda seria o sentimento maior do amor-próprio, a raiz daquele mal-estar, daquela sensação de orgulho ferido? O amor a si mesmo, o mais perverso sentimento a se opor ao coletivismo. O melhor exemplo de contradição que ela sentia. Não se tratava mais de um conceito!

Reuben mais ouviu do que falou. Tinha certeza que aquilo tudo que ouvira era um sinal de amadurecimento e de firmeza de propósitos, o que o fazia feliz. Seu silêncio atencioso e suas ponderações sopesadas só fizeram consolidar o que Ilana trouxera como decisão já estabelecida. Contente, com a simpatia demonstrada pelo pai, confiante e segura, pelo arrimo espiritual encontrado na oficina, agradeceu, fazendo-o sentir-se prestativo e amoroso, reiterando o pedido de ajuste das cordas do contrabaixo, coisa que ele atendeu de imediato, com um indisfarçável ricto de satisfação.

O pai aproveitou a hora de maior descontração para obter de Ilana uma opinião sobre Benyamin. Ilana sabia das preocupações dos "velhos" em relação ao irmão. Sua prolongada adolescência parecia impedi-lo de tomar atitudes mais compatíveis com certas responsabilidades que a família esperava que ele já tivesse. Era bom nos estudos. Era amável com todos. Sua índole doce o fazia admirado pelos amigos e vizinhos. Sua exagerada entrega às causas políticas, porém, incomodava um pouco a todos. Achavam que havia certa demasia. Que esse excesso de dedicação pudesse levá-lo a desvios futuros em direção a radicalizações incompatíveis com a precaução exigida pelos fatos reais. Certo era que o Estado checo e eslovaco não caminhava no sentido do socialismo, na acepção marxista do termo. Isso nem seria possível. A liderança, que havia sido costurada com as potências vitoriosas na Primeira Guerra, estava comprometida com a construção de um país capitalista liberal. Por mais que fossem tidas como revolucionárias, dezenas de medidas no campo da economia, como a reforma agrária, e outras como a da criação de uma legislação cuidando da segurança social, da justiça social, da busca de igualdade política, com a instituição do sufrágio universal etc., era claro que não havia alternativa de subsistência de sua independência, se o país não contasse com o apoio e a colaboração dos signatários do Tratado de Versalhes: Masaryk, Beneš e outros líderes que haviam formado o Conselho Nacional em Paris, em 1916. Sabia-se bem disso. A unidade do país se consolidava em cima de uma retórica que enaltecia principalmente a nacionalidade dos boêmios e morávios, em detrimento das chamadas minorias – alemães, húngaros, rutênios, poloneses –, todas com forte apelo pelos enclaves territoriais que representavam, e, por outro lado, os judeus, estes desvinculados de uma espacialidade específica, o que não lhes dava identificação geográfica que justificasse qualquer reivindicação de soberania ou realocação.

O entusiasmo juvenil era a justificativa que Ilana dava ao pai para ele se conformar com o que achava ser um exagero do filho. E que o pai não se esquecesse que o filho tinha sérias intenções de continuar seus estudos visando uma formação superior. Ilana era conhecedora das intenções de Benyamin e o aval dado a ele era como que uma transferência da obrigação que um dia ela também julgou importante ter. A dedicação de Benyamin era, para ela, como se fosse uma compensação ao seu direcionamento para a arte musical, fato que, pela intensidade de estudo exigida para a aquisição de uma boa performance, a deixava fora de qualquer outro projeto. Tinha para si que o irmão estava coberto de razões com suas visões de futuro, já que seu voluntariado estava a serviço de um projeto de mundo melhor para todos. Não queria para ele o que não queria para ela: um engajamento profissional a serviço da reprodução burguesa da vida. Consciência política, trabalho engajado, fuga estratégica, produção transcendente, eram componentes de uma vida fundada na opção própria e na liberdade da entrega pessoal.

Reuben, não tendo ambiente em casa para trocar ideias mais consistentes a propósito dos acontecimentos, fez ver à filha sua cada vez mais aguda perda de tranquilidade diante do que lhe adiantava seu sexto sentido. Via armar-se com a rapidez dos coriscos um embate entre as mesmas feras que haviam proclamado, uma década e meia atrás, um armistício que impôs à Alemanha derrotada condições julgadas como de absoluto ultraje, pelas penas impostas como reparação de guerra, a começar pelo arbítrio de pesadas indenizações, além de ocupação de parte de seu território. A reação mais evidente do derrotado já havia começado com a derrocada da República sem republicanos, como dissera Raimund Pretzel, após a dissolução do parlamento alemão em março de 1933 e a radicalização da política de militarização nazista. Em 1934, a Áustria inclinou-se na direção da Alemanha. Dizia-se inconformado com a posição de indiferença da Inglaterra e da França, quando as tropas alemãs anexaram o Sarre em janeiro e cruzaram o Reno em março de 1936, para reocupar a rica Renânia desmilitarizada, denunciando o Tratado de Locarno, subscrito em 1925. Seria resposta alemã aos tratados em que França, Polônia, Checoslováquia e União

Soviética estabeleciam mútua proteção ou rara oportunidade de por à prova o poderio e as verdadeiras intenções dos vitoriosos de 1918? Seria, ao mesmo tempo, essa indiferença das potências europeias, essa hesitação em enfrentar a Alemanha, em franco processo de fortalecimento militar, uma estratégica esperança de neutralização de uma possível expansão do comunismo soviético?

O aparecimento desse novo personagem na arena político-ideológica da Europa fazia tremer as bases do império do capital. E não seria a primeira vez que, diante de um inimigo estrutural comum, se estabelecessem alianças entre os inimigos circunstanciais. Assim, sentia o arguto relojoeiro que estava sendo mais conveniente para os interesses do sistema liberal de mercado, pelo menos naquela hora, o apaziguamento e a composição com o inimigo de ontem, tendo em vista a possibilidade de vir a sofrer uma ameaça do inimigo de amanhã. Como que tomado por uma antevisão clarividente, segurou com força a mão de Ilana, afirmando que sentia correr em suas veias um temor que somatizava o terror!

O país em que viviam, apesar de mobilizado e fortalecido pelo orgulho nacionalista pós-independência, era uma peça política e militar por demais frágil no tabuleiro do intrincado jogo de interesses, que poderosos contendores se punham a jogar. Não só estava geometricamente no meio do espaço continental das disputas, como internamente também se cristalizava em crise o não solucionado problema das minorias. A Polônia reivindicava a posse da cidade de Teschen, além da autonomia da Silésia; o Partido Nazista se estruturava forte nos Sudetos e fazia internamente as vezes de um braço hitlerista no exterior, solicitando que essa região fosse anexada à Alemanha; crescia a força dos movimentos de emancipação da Eslováquia e os partidos políticos dessas áreas se posicionavam, em bloco, contra a centralização checa.

Ilana, a partir desse dia, sentiu em relação ao pai uma simpatia ainda maior que a que sempre tivera por ele. Via em seu discurso uma sagacidade que lhe fazia admiração. Em sua alma, uma grandiosidade de fazer inveja aos puros. Ingênua e generosa. Inteligente e bela. Iluminista e neutra. Equânime e romântica. Via, entretanto, encenar-se em seu interior uma verdadeira tragédia, onde os personagens principais, o destino coletivo e a impotência individual se digladiavam num enfrentamento cuja glorificação já estava predeterminada em um inexorável final. Era a luta das forças da história contra a submissão do homem. Criatura e criador só possíveis de serem alcançados em sua substância quando entendidas pela sua reciprocidade na dimensão coletiva. Por mais valente ou covarde que fosse sua participação na formatação do todo, sua história pessoal só seria configurada ao conformar-se a ele. Não se importar com sua natureza e sua qualificação seria projetar para ela e para o eu uma utopia. Seria viver uma burla!

Reuben fez entender a Ilana sua angústia interior diante do que esperava que fosse acontecer, sem que pudesse dar uma resposta altiva e consequente. Seu ideal moral esboroava-se no concreto da realidade objetiva! Via-se subjugado. Esse estado interior de angustiante impotência ampliava-se na medida em que ele punha sobre a mesa de preocupações a condição de minoria alógena dos judeus, tanto onde estavam quanto em outros países. Uma realidade, dizia ele, era ser minoria alemã nos Sudetos, onde a população germanófona não só era maioria, como possuía uma base territorial de pertencimento muito bem definida. Era minoria em relação a um todo nacional, cujo centro de poder se apoiava em outra referência etnolinguística e confessional para caracterizar o Estado-Nação. Outra era ser minoria, mesmo com certa importância demográfica, dispersa e sem referência geográfica original legitimada, quase sempre estigmatizada por conservar, embora socialmente integrada ao todo, uma variada e particular combinação de cultura, língua e religião, fruto de uma historicidade específica. Havia uma diversidade muito grande de situações envolvendo as minorias, qualquer o sentido que fosse dado a elas. Suas realidades e a justeza ou não de suas reivindicações demandavam um debruçar específico e cauteloso. Suas histórias não admitiam generalizações. Suas problemáticas haveriam de ser entendidas à luz da consideração da heterogeneidade que compunha a organização social de todo o planeta. A marcha do tempo parecia indicar que as minorias estavam a enfrentar, de forma genérica, um dilema que as colocava entre uma preservação conservadora ou uma assimilação compulsória. Ao mesmo tempo, arriscava-se a interpretações de inspiração mais sistematizadora, como afirmar que, por outro lado, o poder, em qualquer época e em qualquer formação social, sempre havia sido exercido por minorias detentoras do monopólio da força, garantidor da ordem a serviço de privilégios. As maiorias, consequentemente subalternas, eram sempre manipuladas pela repressão física, pela crença, pela farsa jurídico-política ou pela colaboração funcional que estaria na raiz da esperança de um dia ser parte do paraíso da classe, do estamento, do grupo dominante. De uma ou de outra forma, acabavam legitimando o poder desses poucos. Atentava para o exercício do poder, dizendo que, mesmo nas chamadas democracias liberais, onde se praticava o exercício do voto universal, os que verdadeiramente governavam nunca haviam sido eleitos.

Sentia que tanto Ilana quanto Benyamin já não eram cidadãos do Império, como ele, e podiam, pela liberdade que lhes havia sido dada de fazer uma leitura politicamente engajada do mundo em que viviam, ir mais longe na crítica dos fatos, defender e lutar pela construção de uma sociedade menos egoísta, mais fraternal. Ele ainda se sentia extremamente imantado pelo peso das condicionantes históricas que carregava. Seu esforço em se libertar das amarras culturais passadas e elaborar uma consciência voltada à construção de uma sociedade sem discriminações o havia distanciado da religião e o levado à defesa do Estado laico e cooperativo. Não se sentia, entretanto, um ator de libretos revolucionários. Era um reformista pequeno burguês.

A casa ganhou, com o tempo, certa instabilidade, com o aguçar das consciências. Uma tristeza começava a circular pelos seus cômodos, como se a doença da insegurança tomasse conta do ar que se respirava. O espectro do labirinto parecia ganhar perenidade nos projetos do quotidiano, especialmente para Reuben e, agora, também para Ilana. O que fazer? Essa era uma velha pergunta que voltava com patológica frequência quando, na oficina, o pai se punha a divagar ao olhar pela poderosa lente do monóculo que o levava às entranhas atômicas das pedras e dos metais. Para Ilana, ao contrário, isso acontecia quando ela se deixava levar pelo estado de imponderação crescente toda vez que ingressava no cosmo sem dimensão dos surdos sons de seu instrumento. O ofício, o trabalho, a arte, a concentração, o devaneio. Engajamento corporal, ao mesmo tempo que fuga transcendente.

Ilana, preocupada pelo balanço feito pelo pai a propósito de sua vida, da vida do país, da vida da família, esforçava-se para cercá-lo de uma atmosfera menos pessimista e mais esperançosa, passando a chamar sua atenção para as coisas positivas, que andavam acontecendo à volta de todos. Apesar das oscilações de ânimo, assistidas nas últimas duas décadas, o país vivia uma certa euforia social, com claras demonstrações de progresso material em vários setores da economia. A cidade havia crescido para além dos limites de certos núcleos periféricos, incorporando-os ao casario contínuo e continuava a ser um polo de atração populacional. Os 850 mil habitantes de 1930, agora, no final da década, eram muito mais. Novos bairros se abriram para todos os quadrantes, num dinamismo compatível com a estabilidade política e o florescimento econômico do país. A prosperidade industrial seguiu fazendo da Boêmia o espaço de eleição para a instalação de novas plantas produtivas. Se, em 1918, 66% do PIB industrial do Império estava aí instalado, agora, no final dos anos 1930, a concentração espacial nessa porção do país era quase absoluta. Sua capital assistia a um florescimento cultural sem precedentes, em boa parte instigado pelo apelo ao fortalecimento da consciência nacional. Havia uma intelectualidade checa e judia que se salientavam, tanto internamente quanto no exterior. Ilana não parava de citar, como seus inspiradores, os contemporâneos autores de sinfonias, óperas, músicas de câmera, como Janáček, Martinů e Suk, músicos de vanguarda. Estava, inclusive, ensaiando com a orquestra jovem do Conservatório a "Sinfonietta" de Leoš Janáček, que tinha programação para ser apresentada num dos salões do Palácio Real do Castelo, menção que fez o pai viajar na lembrança e voltar a apertar a mão de Shoshana no demorado fechar de olhos que durou o sonho, durante aquela citação da filha. E não era somente na música que o país se demonstrava vivo e empolgado. Durante dias, ela voltou a citar a vasta produção literária em ebulição, e que os pais não se esquecessem da importante contribuição com que os da colônia estavam a suprir a literatura nacional. Max Bold, jornalista e compositor, biógrafo de Kafka, estava a recuperar para o domínio público uma parte da obra do autor, como o livro *O processo*, por exemplo, um dos escritos que o amigo e confessor pedira para ser queimado após sua morte. Que, por mais que fossem adversos os sopros da história, haveria sempre espaço para se lutar pelos direitos do homem em geral, por certos valores julgados universais pela visão ocidental, moderna e iluminista da realidade social. Lembrava de Franz Werfel, que havia denunciado o genocídio dos armênios pelos turcos no livro *Os quarenta dias de Musa Dagh*, publicado alguns anos antes. Havia ainda aqueles que primavam por textos de beleza e sensibilidade extremas, como Rilke e seus poemas, na sua visão transcendente da natureza como manifestação do divino.

A literatura, outro foco de interesse de Ilana ao lado da música, estava, nessas horas, a serviço da recuperação da estima do pai pela vida. Ela buscava, com isso, não só dar a ele o alento esperado, como apontar que a produção do espírito na direção da criatividade, fosse ela politizada ou não, manifestada através de qualquer tipo de trabalho, era a razão dos espíritos superiores, e que desperdiçar esse dom de poucos era ser por demais severo na punição de seus pares. Que ele, Reuben, era um ser especial, com uma capacidade artística que extravasava competência e criatividade e que não fazia sentido entregar-se a uma castradora amargura, pelo fato de estarem as águas de seu oceano num movimento prenunciador de tempestades. Citou como exemplo, dizendo não serem nem maiores nem menores que as maravilhas que saíam de seu ateliê, as obras de seus compatriotas escritores Vítězslav Nezval, Jaroslav Hašek e Karel Čapek, diferentes em suas visões da vida, mas todos excepcionais criadores. A prosa e a poesia surrealista do primeiro; a picardia satírica do segundo, anarquista e autor de *O bom soldado Švejk*; e os textos do pensador, dramaturgo, professor e romancista que era o terceiro a falar, como ninguém, sobre a tragédia da vida, sobre a corrupção dos líderes políticos pelo poder e criador, em 1920, de um personagem androide, aplicando a ele pela primeira vez a palavra robô e que, seguramente, se imortalizaria por antever o emprego da robótica às máquinas que se inseririam na produção fordista da indústria.[37]

Nesse dia, após a instigante forma usada pela filha para buscar animar o pai para a vida, Reuben, apoiado na ideia do *robota*, teve um *insight* pacificador. Veio-lhe à cabeça a tradicional lenda e a figura do golem[38] do Rabino Loew, importante talmudista e cabalista dos séculos XVI/XVII, morador do gueto da cidade, cujo túmulo, no velho cemitério, era sempre um dos mais visitados "monumentos" da cidade. Reuben passou a noite no corpo a corpo com ideias e imagens contraditórias. Valer-se de apelos sobrenaturais para superar possíveis dissabores não era coisa de sua postura aceitar como razoável. A realidade da vida material não deveria ir buscar explicações fora de uma racionalidade fundada nas ciências e na crítica à sobrenaturalidade. Já havia sublimado há algum tempo a necessidade de se valer de fórmulas que o unissem a uma entidade superior, mesmo porque nem no judaísmo, sua matriz moral, essas entidades deveriam fazer parte de qualquer simbolismo místico, a não ser na vertente da cabalá. Entregar a uma imagem a representação da divindade era, de certa forma, cultivar a idolatria, que

---

37 Karel Čapek. *A fábrica de robôs*. São Paulo: Hedra, 2010.
38 Na tradição mística do judaísmo, a Cabalá, o golem é um ser animado, criado artificialmente a partir de uma matéria inanimada, o barro por exemplo, através de um ato mágico. Destituído de razão própria e da fala, é um totem com poderes sobrenaturais a serviço de seu criador. Deriva de *gelem*, matéria-prima em hebraico. No Talmude, Adão é descrito como um golem. Há inúmeras lendas ligadas a essa figura, muitas até anteriores ao judaísmo. A mais difundida é a do golem do Rabino Loew, criado por ele em Praga, no século XVI, com a finalidade de dar proteção à comunidade judia da cidade, ameaçada de violências e perseguição. Ele se tornou animado com a inserção em sua testa da palavra *emet*, verdade em hebraico. Sua destruição era obtida apagando-se sua primeira letra: o *e*. *Emet* vira *met*, morto em hebraico.

se contrapunha à fé que aprendera. Mas seu agnosticismo não lhe dava acesso a razões nem a contrarrazões seguras para aceitar ou não o que lhe fora proposto pelo judaísmo. Faltava-lhe a convicção última, fruto de uma comprovação pela experiência sensorial, empírica, para adotar uma posição mais radical de entendimento e explicação dessa expressão ideológica dos homens que era a religião. Sua racionalidade patinava nas incertezas dos que não possuem sólidos referenciais para entender o mundo. Essa dúvida shakespeariana começava a lhe roubar a tranquilidade.

A Guerra Civil na Espanha, desde 1936, punha em alerta o que poderia acontecer em toda a Europa. A oposição radicalizada entre as forças conservadoras – do Exército, da Igreja e dos latifundiários – e as progressistas – dos partidos de esquerda, dos sindicatos e dos liberais – havia sido transformada em sangrentas batalhas. Os nacionalistas articulavam o apoio do fascismo italiano e do nazismo alemão-austríaco, e os republicanos, o apoio soviético e o das brigadas internacionais vindas de todo o mundo. O que mais aterrorizava Reuben era a posição de neutralidade assumida pela França e pela Inglaterra diante de um conflito que tinha todos os ingredientes para ser julgado prenunciador. Hesitação e fraqueza das duas potências tutoras da independência checa. Isso não era lá boa coisa. Na Espanha, Reuben via a preliminar de um embate que ameaçava a segurança futura de seu país, de sua gente, de sua família e – por que não? – a sua. Na Alemanha, já estava em marcha, há muito, o movimento de emigração forçada dos judeus e o arbítrio de uma legislação que os privava de seus bens e de sua condição de cidadãos alemães, entre outras medidas. Intelectuais judeus se viam forçados a buscar outros países para continuarem a produzir suas ideias. Era o caso do Instituto de Pesquisas Sociais de Frankfurt, obrigado, em 1933, a transferir-se para a Suíça e, depois, para a França com uma plêiade de pensadores que entrariam para a história como integrantes da Escola de Frankfurt e elaboradores da "teoria crítica", que retrabalhava criticamente o marxismo, tanto no plano de seu conteúdo teórico quanto no de suas decorrências políticas, com a agregação das contribuições de Max Weber, Sigmund Freud, Antonio Gramsci, Max Horkheimer, Walter Benjamin, Theodor Adorno, Herbert Marcuse, Jürgen Habermas. As deportações e a perda paulatina de direitos faziam-se acompanhar pelas propostas de direcionamento da população judia para a Palestina ou de criação de um Estado judeu em Madagascar, aproveitando a concepção de Theodor Herzl que, no primeiro Congresso Sionista de 1897, na Basileia, e em seu livro *Der Judenstaat* – O Estado Judeu –, propunha, como solução para o movimento antissemita, a criação de um Estado judeu que, soberanamente, reunisse todos aqueles que estivessem dispersos pelo mundo. Exatamente na década de 1930 ocorreu a chamada Quinta Aliá,[39] a migração de mais de 200 mil judeus para a Palestina, mesmo com as crescentes restrições impostas pelo Mandato Britânico a esse movimento.

Quando, em 1938, o Partido Nazista passou a fazer parte do governo austríaco e, logo em seguida, um plebiscito aprovou a união do país à Alemanha, depois de Hitler ter ameaçado o empobrecido vizinho de invasão, Reuben se deu conta de que o sonho da construção pacífica de "um só país, um só povo e um só chefe" dependia apenas da incorporação, ao espaço da Grande Alemanha,

---

39 Nome dado às diferentes ondas de migração organizada de judeus que buscaram as terras palestinas desde o final do século XIX. A partir de 1940, a imigração de judeus para a Palestina conta com o Mossad Aliá Beit, organização que passa a cuidar desse movimento. Até a criação do Estado de Israel, em maio de 1948, mais de 600 mil judeus já haviam imigrado para essa área do Levante mediterrâneo.

dos Sudetos e de sua população germânica de cerca de 3 milhões de pessoas. A onda de violência, cuja ação mais emblemática foi a "Noite dos Cristais", em novembro de 1938, quando, na Áustria e na Alemanha, milhares de casas comerciais foram saqueadas, centenas de sinagogas destruídas e três dezenas de milhares de judeus detidos, sacramentou na consciência do sensível artesão que a intolerância e a discriminação haviam ganho uma dimensão apenas tática, numa estratégia de conquistas que ia muito além do imediatamente visível. Havia um projeto político-militar de caráter salvacionista a serviço da proposta de configuração de um novo desenho imperial geoeconômico, no interior do mundo capitalista. E, para isso, também era necessário otimizar as relações de produção dentro da economia de guerra, com o fito de viabilizar um resultado mais concentrado e barato. Os campos de refugiados, de presos políticos, enfim, dos que fossem julgados inimigos do Reich, bem que poderiam ser transformados em forças auxiliares no empenho de dar uma nova escala ao sistema produtivo. Afinal, mão de obra barata e destituída de direitos eram grandes trunfos no capitalismo, exploração que há muito já vinha sendo denunciada pelas mais diferentes correntes de esquerda. Num primeiro momento, a racionalização do trabalho com a separação das capacidades. Num segundo, o descarte do material sucateado. No plano externo, as alianças e a força bélica, tal qual a dos Césares, das Cruzadas, dos reis portugueses, espanhóis, ingleses ou franceses, se encarregariam de ampliar o espaço das riquezas, via acumulação primitiva da pirataria das conquistas territoriais e a submissão dos derrotados. E para concretizar tudo isso em atos materiais, sempre se encontram "heróis" e "patriotas" de plantão. Plano macabro, mas extremamente lógico! Os inimigos desse projeto que saíssem da frente, como saíram incas, maias, astecas, mapuches, goitacazes, tupinambás, carajás, apaches, sioux, moicanos... para falar apenas de alguns.

Sem encontrar solução objetiva para enfrentar o que achava que estava por vir, não titubeou em ir buscar uma âncora, por pequena e incerta que fosse, num apelo à ajuda superior. Rememorou com muito interesse a lenda do golem de sua Paris do Leste. Verificou que ela havia sido criada em 1590, numa ação do Marahal, rabino Judah Loew ben Bezalel, contra o iminente perigo que corria a comunidade judia da cidade em face a um possível massacre, instigado pelo ódio dos "goin",[40] alimentado que era pelo convertido Bispo Tadeusz contra a sua antiga comunidade. Os judeus mais uma vez estavam na contramão da ideologia dominante, assentada esta ainda em relações de produção pré-capitalistas. Livres dos impedimentos religiosos, que havia muito contrariavam a expansão do capital mercantil e financeiro, os judeus continuaram sendo alvos de preconceitos e convertidos em ameaça ao poder político, ainda dominado pelas relações de subordinação à Igreja de Roma. A máscara religiosa a serviço da ocultação das verdadeiras razões da vulgarização do antissemitismo. O mesmo passaram a sofrer os protestantes após a Reforma, se bem que este movimento, por ter sido gestado no próprio interior do cristianismo sem questionar sua dogmática fundamental, ganhara força ao assumir um papel sincrônico de braço ideológico da nascente revolução burguesa, provocando uma ruptura no arcabouço dos valores ético-morais vigentes, ao ampliar o movimento de questionamento do poder da nobreza, ao batalhar pela disponibilização dos bens do clero, ao inserir-se na formatação dos novos Estados nacionais e funcionalizar a passagem da dominante ideológica para a dominante econômica, nas novas

---

40 Os não judeus.

formações sociais nascentes. A comunidade judia continuaria a ser um conjunto étnico-confessional diferenciado em meio aos embates entre os poderes das confissões cristãs, familiares entre si, beneficiando-se, aqui ou acolá, de uma tolerância religiosa difusa ou das permissões oficiais da liberdade de credos decorrentes desse movimento histórico. Reforma, Contrarreforma... Passou pela cabeça de Reuben, com maior clareza, o que havia sido a ação de Jan Huss e a razão que o levara a ser queimado como herege nos idos de 1415. Imaginou o quanto teria sido significativa a posição de vanguarda de sua Boêmia como foco de manifestação de propostas socialmente revolucionárias, por exemplo, aquelas de John Wycliffe na Inglaterra. Quais teriam sido as condições materiais específicas para o surgimento desse movimento local, antecipador em um século da Reforma Protestante na Alemanha, na França e na Suíça? Nada teria ocorrido ao acaso. Haveria sempre uma determinante última, de natureza econômica, a fundamentar os movimentos sociais – era o que tinha aprendido nos pressupostos ainda não retrabalhados pelos neomarxistas. Na verdade, os seguidores de Huss, posteriormente, sustentaram, por um período de várias décadas, uma Boêmia politicamente "protestante" e que recuperou o checo como língua nacional até que, novamente, as forças da liderança católica readquirissem o poder ao derrotar os hussitas na célebre Batalha da Montanha Branca, em 1620, voltando a impor a língua alemã como meio de expressão e a dar às terras da coroa um perfil religioso oficialmente subordinado ao Papado. Como precursor da renascença checa, Jan Huss tornou-se símbolo nacional. Não era sem motivo que, como um dos "heróis" da autonomia checa, sua estátua estava lá plantada, imponente, na Praça Central da Cidade Velha.

Reuben remoeu por uns dias a ideia que se fixara em sua mente de buscar ajudar os seus contra qualquer ofensiva que fosse nociva à sua liberdade. Reduzido a uma situação de total impossibilidade de interferir nos acontecimentos, não se acomodou a essa sensação de impotência e projetou construir ele mesmo um golem protetor. Nada importava que fosse diferente daquele da lenda do rabino Loew. Não seria uma entidade mística feita da argila do Vltava, nem teria ela uma identidade humana, onde, em um pedaço de papel em sua boca, sempre fechada, se escreveria um dos nomes divinos, mas teria a mesma finalidade de proteger os judeus de seus inimigos. Os tempos eram outros. Os inimigos, mais poderosos e difusos, exigiam estratégias defensivas menos sujeitas a decifrações. Haveria de encontrar em um estro criativo a forma que daria ao seu golem.

Nada mais oportuno e sugestivo que o novo pedido de ajuda de Ilana. O velho contrabaixo estava, de novo, a reinar com sua teimosia em não conseguir a afinação desejada na corda sol, a mais aguda. Reuben, ao receber o instrumento na oficina, nele enxergou a conjunção simbólica de que precisava para fazê-lo depositário de seu golem. Afinal, ele sincretizava, através da figura do pai, da sinagoga, do velho gueto criado por Carlos IV, como confinamento de seus ancestrais naquele canto do rio desde o século XIV, do valor transcendente da música como manifestação capaz de congregar os diferentes numa única proposta coletiva e da razão que o levara a conhecer Shoshana; enfim, toda uma história rica em sabedorias e significados. Alguns dias depois, ao devolvê-lo à filha, passou a designá-lo de Yossel,[41] o mudo. Ilana não entendeu o porquê.

---

41 Nome dado ao golem de Praga pelo Rabino Loew.

II
Terezín

8
Nel mezzo del cammin...
uma pedra

Não são poucas as vezes que a história, enquanto processo global e coletivo, parece correr mais rápido que as capacidades pessoais de acompanhá-la. É como se os protagonistas fossem atropelados pelas condições em que são produzidos os acontecimentos e só mais tarde se pode dar conta do que estes fizeram com cada um daqueles. Para entendê-la no seu todo e explicá-la no seu desenrolar de especificidades sempre complexas, é necessário que haja tempo para o recolhimento das provas materiais que vão dar objetividade à filiação teórica que fundamentará seu entendimento. Não há história isenta, imparcial, neutra. Nem como fato, nem como explicação. Tanto quando ela se dá no mundo da prática real como quando ela se põe como produto lógico de uma reconstrução intelectual. Uma é fenômeno sincrônico de múltiplos diacronismos, pois é realidade objetiva em movimento, complexa e multifacetada, impregnada de valores, produzida por uma infinidade de interesses e condições simultâneas e conflitantes, objetivos e subjetivos. Todos a fazem e todos são feitos por ela. Outra, em oposição, é fenômeno produto acabado, inevitavelmente fora do tempo, diacrônico, fundado em sincronismos teóricos de historicidades reconstruídas através de fundamentos lógicos e metodológicos com-

prometidos eticamente com uma determinada ideologia explicativa. Como dos homens, uma e outra se manifestam para consolidar interesses e dominações. Uma é a língua a se expressar espontânea, crua, determinadora. A outra é leitura, convenção articulada de sentidos. A verdade inatingível da primeira é a razão da justificação mentirosa da segunda. Ambas, entretanto, de mão dadas, num namoro platônico!

Reuben, assim como seus contemporâneos, não tinha condições de acompanhar, muito menos de entender plenamente, aquele movimento da história em que estava metido. Os fatos locais apenas expressavam materialmente uma face específica das determinantes do rumo do todo. Mas o que ele já desconfiava que iria acontecer estava ali, bem dentro de sua casa, a fazê-lo refém nas mãos dos sequestradores. Foi como que envolto ainda no torvelinho dos acontecimentos dos últimos três anos, que mais pareceram dias pela rapidez com que se passaram e séculos pelas angústias que provocaram, que ele, juntamente com Benyamin, foi detido como tantos outros na cidade, sob a acusação de participação nos movimentos de resistência à ocupação do país pelos alemães. O *Protektor* dos territórios da Boêmia-Morávia era agora Reinhard Heydrich, terceiro homem na hierarquia do Reich, temido pela sua posição no seio da SS, a implacável tropa de choque nazista. A acusação fazia sentido para o filho, militante ostensivo contra a opressão em curso, que assiduamente vinha fazendo parte de manifestações de rua contra os ocupantes e seus colaboradores locais. Jovem, comunista e judeu era tudo que ele oferecia como motivação para ser procurado e preso. E não era pouco! Reuben, colaborador passivo, simpatizante clandestino, temente pelo fato de ser arrimo familiar e pouco afeito a espetaculosidades, oferecia-se à repressão por ser pai, livre pensador e judeu. Também não precisava tanto!

Passaram algumas boas semanas na prisão de Pankrác, ao sul da cidade, agora dividindo suas celas entre criminosos comuns e as centenas daqueles que, perseguidos, seriam encaminhados diretamente à execução ou remetidos para outras prisões na Alemanha ou a diferentes campos de concentração, já estruturados em diversos países. Estava perdido, para ambos, o contato com o mundo exterior. E dele fazia parte seu universo familiar, que nunca mais seria refeito por completo.

Após um tempo, cuja duração não se media mais por nenhuma referência lógica, viu-se passando por debaixo do arco do grande portal de pedras da antiga fortaleza de Theresienstadt. Duas horas de trem para cobrir a distância de 80 quilômetros, da mais antiga estação ferroviária da cidade, a bela e central Masarykovo, até o baluarte setecentista que Josef II fez construir, às margens do rio Ohre, pequeno afluente do Elba, para proteger a capital e sua rota do Norte. Duas horas de sinistras incertezas, 80 quilômetros de terríveis certezas, estes acrescidos de mais dois, desde a estação de Bohušovice, cumpridos a pé até a nova morada. O ramal ferroviário que atingiria aquele campo só seria construído pelos internos em 1943.

A concentração de alguns milhares de judeus que ainda ocupavam a área do antigo gueto da Mãe de Todas as Cidades, na grande curva do Vltava, começava a perder densidade com a varredura que se intensificou, a partir do final de 1941. A assertiva de Franz Kafka de que a cidade imantava seus habitantes, não os deixando ir embora, perdia o sentido diante da força dos forasteiros. Desde junho do ano anterior, a orientação dos ocupantes fazia dos artistas, escritores, professores, intelectuais, os preferidos para povoarem aquele que seria tido como o campo de concentração modelo, entre tantos outros que foram semeados pelas terras da Europa Central: Terezín.[42] Campo modelo! A desfaçatez levada a seu paroxismo!

Desde que, em 1938, o Reich havia estruturado o "Caso Verde", o plano secreto de ataque ao país vizinho que tinha como argumento a incorporação do território dos Sudetos, a estabilidade da paz na Europa se viu ameaçada. França, Inglaterra e União Soviética fariam tudo para evitar uma guerra na qual não tinham nenhum interesse imediato em jogo, a não ser o exigido pelo compromisso de prestar ajuda militar à nação checa, estabelecido pelo Tratado de Assistência Mútua, assinado em 1925 pela França e União Soviética. No início de setembro daquele ano, o governo Beneš, sem poder se colocar na contracorrente das intenções de seus aliados e na tentativa última de restringir a crise da separação daquela parte do espaço nacional ao âmbito interno ao país, concordou em ouvir a liderança sudeta, prometendo atender a suas reivindicações. Acuado entre a leniência franco-britânica e as ameaças do Reich de que se "fizesse justiça" aos alemães dos Sudetos, o governo sediado no Castelo mobilizou o exército e a população do país para a resistência à prometida iminente invasão de seu território.

As tratativas em torno da exigência alemã de ver incorporado ao seu o território germanófono dos Sudetos redundaram na assinatura do chamado acordo de Munique que, sem a participação de nenhum representante checo, obrigava o novo país da Europa Central a ceder à Alemanha nada menos que 28.600 quilômetros quadrados de território, habitado por uma população de 3,6 milhões

---

42 Eclea Bosi. O campo de Terezín. *Estudos avançados*. IEA/USP, São Paulo, volume 13, ano 37, set./dez. 1990.
Hannelore Brenner. *As meninas do quarto 28*. São Paulo: Editora LeYa, 2014.

pessoas: 77% alemães, 23% checos. França e Inglaterra haviam lavado suas mãos, deixando as portas abertas à invasão alemã, que se daria em 1º de outubro daquele ano, com a colaboração da "quinta coluna" dos sudetos, partidários da anexação. Enfraquecido, o país viu a Polônia ocupar a área em torno de Teschen, diminuindo-lhe a população em mais de 200 mil habitantes. Ao sul, a reivindicação húngara se concretizou em novembro daquele ano, com o apossamento de cerca de 20 mil quilômetros quadrados, onde viviam meio milhão de húngaros e quase 300 mil eslovacos. O país, que fazia 20 anos de idade, estava deixando de existir, pois as mutilações lhe roubaram três quartos da produção carbonífera, da produção de eletricidade, dos têxteis, dos produtos siderúrgicos, do cimento e um terço de sua população. Não havia mais nada a fazer senão aguardar uma iminente capitulação. Foi o que ocorreu em 15 de março de 1939. A liderança política novamente se viu obrigada a procurar refúgio no exterior. A área checa se converteu no Protetorado Alemão da Boêmia-Morávia. À Eslováquia, foi concedida a independência. O pleito de Dantzig fez as vezes dos Sudetos poloneses. O pacto de não agressão assinado com a União Soviética em 1939 abriu caminho para a ocupação da Polônia. Bastaram 20 dias para isso.

Em 1940, os vizinhos do Ocidente e do norte alemão já haviam sido dominados. A aliança com a Itália de Mussolini ajudou na conquista da Grécia e da Iugoslávia. No Pacífico, a expansão das conquistas japonesas na China, Filipinas, Indonésia e na Península da Indochina ameaçavam a Austrália. A aliança entre ROma, BERlin e TÓquio, formando o Eixo ROBERTO, projetou e articulou um novo formato espacial para a liderança do mundo imperial capitalista. A invasão da União Soviética pelas divisões nazistas, em junho, e o ataque preventivo de Pearl Harbour pelos japoneses, em dezembro de 1941, consolidaram a extensão do conflito ao plano mundial, colocando em oposição as potências do Eixo e os países que se aliaram contra a investida dos nacionalistas totalitários nazifascistas, sob a liderança da Inglaterra, França, Estados Unidos e União Soviética. E quando o mar entra em conflito com o rochedo, quem sai perdendo é sempre o marisco, já dizia o ditado popular. Era assim que Reuben se sentia ao entrar em Terezín. E não havia só uma espécie de marisco pagando pelo choque de interesses dos que mandavam!

Se a questão do antissemitismo já era um anátema antigo na Europa, ela ganhou na Alemanha, após 1933, uma nova dimensão político-ideológica, quando se transformou em pretexto para combater a franca oposição dos judeus ao regime nascente e sua posição ascendente no contexto político-econômico construída durante a República de Weimar. O combate aos opositores do ultranacionalismo alemão foi genérico e implacável. Comunistas, anarquistas e sociais-democratas tiveram o mesmo destino. Estes, porém, não se identificavam necessariamente com nenhuma etnia. Ciganos, homossexuais e certas minorias religiosas entraram como impuros e, juntamente com os demais, começaram a ser confinados em campos de concentração, construídos a partir de 1933 no país, a exemplo do que fora feito pela Grã-Bretanha durante a Segunda Guerra dos Bôeres, na África do Sul, entre 1900 e 1902. Dachau, ao norte de Munique, naquele ano, já abrigava mais de 20 mil concentrados.

Reuben não foi sozinho para Terezín. Dezenas de intelectuais, muitos professores universitários, profissionais liberais, comerciantes, artistas, estudantes, faziam-no companhia naquele vagão, onde quase 150 pessoas se comprimiam num espaço que mal dava para quarenta. O filho Benyamin, que não havia mais visto, o acompanhava na mesma viagem. Este, porém, designado para outro vagão. Antes de partir, Reuben havia sido obrigado a trocar todos os seus bens pela segurança prometida no campo, tendo que, para isso, assinar um documento de doação ao Reich. Com isso, toda história de um longo passado de intrincadas combinações, que levaram à cristalização de um foco de produção de delicados artesanatos sustentadores de um núcleo familiar estável, em segundos, como que por um passe prestidigitador, foi transferido de mãos para esboroar-se num aterrador choque entre histórias. O que se havia acumulado em séculos estava sendo pirateado em segundos. Todo um edifício social, antropológico, cultural filigranado por passagens historicamente emblemáticas e por acumulações de habilidades transmitidas por relações interpessoais, costuradas por tradicionais valores etnorreligiosos durante um tempo sem dimensões, ruía ignorado pela catastrófica hecatombe provocada pela fome de selvagens devoradores de animais. Sua oficina, reduzida à sucata fungível. Seus instrumentos de trabalho, a obsoletos objetos destituídos de qualquer valor de uso. Seus haveres em pedras e metais, confiscados para gerar riquezas materiais a serviço de uma nova ordem, com a colaboração de conglomerados bancários estrangeiros de neutralidade mentirosa. Enfim, como na morte, a vida reduzia-se ao nada!

 A cidade fortificada de Terezín era habitada por poucos milhares de aldeões quando o Comando do Protetorado os desalojou para dar a ela a conformação de um gueto judeu que fosse, a um só tempo, campo de passagem e comunidade especialmente concebida para confinar lideranças e intelectuais judaicos, que viriam de toda a Europa ocupada. E, por que não, uma comunidade padrão, onde se praticava um tratamento justo e humanitário entre os que apenas aguardavam serem transferidos para outras moradas? Uma encenação concreta que acobertaria o que seria decidido em janeiro de 1942, pelos lideres nazistas, na Conferência de Wannsee, sobre a *Endlösung*, a solução final para a questão judia. Vários coelhos... um só destino!

Depois de passar pela Pequena Fortaleza, onde todos eram registrados e destituídos de seus últimos pertences pessoais, foi-lhe designado, como moradia, um dos barracões da antiga caserna. Onde antes viviam duas dezenas de soldados, deveriam ser acomodadas, agora, algumas centenas de pessoas, empilhadas em improvisados beliches de madeira. Seu barracão era só para homens. Por que outros estavam indo habitar a área de unidades familiares, onde as casas eram independentes e o conforto maior? Soube, mais tarde, que elas custavam mais caro e que os *Prominenten*, "hóspedes" mais ilustres, haviam pago somas maiores para ocupá-las e as dividirem com outros. Nada muito mais que a concessão de abrigar unidades familiares, pois onde antes viviam alguns pares, agora coabitariam dezenas. Benyamin teve o mesmo tratamento do pai. Porém, foi-lhe designado outro barracão. Em comum, tiveram o destino funcional no campo. O trabalho nas oficinas de marcenaria ou de acabamento de certo tipo de kit de vestimenta que os soldados alemães portavam em campanha. Tiveram sorte de não serem designados para trabalhar nas minas de exploração de mica, passo rápido para a morte por asfixia. Era o destino da maioria: servir de mão de obra ao custo de uma sobrevivência não garantida, de parcas rações e de prolongadas jornadas de trabalho. Nada a reclamar, pois se a alimentação diária era insuficiente, o que se dizer da menor quantidade oferecida aos mais idosos? Quanto mais povoado fosse o campo, menores eram as quotas individuais de comida e maiores os sofrimentos pessoais, com a rápida degeneração da saúde e o advento oportunista das doenças infecciosas.

O estado de angústia e de aprofundamento diário da tristeza de pai e filho foi aplacado quando tiveram a oportunidade de encontrar as mulheres da família, trazidas ao mesmo campo, depois que ele deixou de ser um campo só para homens. Avigail, Shoshana e Ilana estavam juntas num mesmo barracão só para mulheres. Mais abastados, os pais de Shoshana, também encarcerados, puderam dispor de dinheiro para comprar o direito de morar em uma das casas, juntamente com outras famílias. Pouco se viam, pois, mesmo enfrentando o mesmo mal, o radical Rei dos Tapetes ainda não deixara quebrar seu orgulho para aceitar a apostasia dos netos. Os encontros permitidos, no início especialmente nos finais de semana, passaram a poder acontecer mais amiúde após a administração do campo ser entregue inteiramente a um Conselho ocupado pelos habitantes mais velhos. Como a maioria dos integrantes era da mesma origem étnica, o campo passou a ser gerido como se fora efetivamente um gueto exclusivamente judeu, sob a supervisão, entretanto, de integrantes da tropa da Waffen SS, formada por militantes extremamente identificados com a causa nazista. Era uma forma por demais hábil de dividir responsabilidades, pois uma liderança judia passava a ser, junto à comunidade, o lugar-tenente responsável pela aplicação da política geral traçada pelo III Reich. Sua liberdade de manobra e decisões não podiam ir muito além de concessões inócuas e perfunctórias.

O campo não parou de receber os hóspedes ilustres, vindos dos mais diferentes países sob o domínio alemão. Poetas, cientistas, pintores, professores, escultores, escritores, artistas, médicos, músicos, sacerdotes, bailarinos, diplomatas, jornalistas, enfim, uma elite intelectual arrebanhada e confinada junto com tantos outros diversos social e economicamente, filtrados pelos critérios da filiação ideológica e da purificação racial. A liberdade de pensar e produzir, o exercício do saber crítico e independente eram armas mais contundentes que a força dos panzers[43] e dos obuses. Era fundamental estar atento a elas. Feriam os espíritos ao discutir valores superiores aos interesses materiais. Multiplicavam-se ao serem sacrificados seus produtores. Seria como Hércules contra a Hidra de Lerna. E se houvesse algum clamor pelo seu desaparecimento, eles estariam lá para serem mostrados, como "todos" os demais comuns, vivos e "bem tratados". Uma babel de línguas a necessitar de intérpretes e tradutores, nem sempre encontrados entre os internos.

Foi assim que Antonin, reagindo a uma convocação dos ocupantes, num lance de duplo oportunismo, conseguiu um lugar seguro dentro de Terezín, não só para servir a um novo senhor, como para voltar a encontrar-se com Ilana, distante desde muito devido ao conflituoso rompimento havido entre os dois. Seu domínio de várias línguas foi o passaporte para sua habilitação. Ele passou a ser um frequentador assíduo do campo, elemento importante nas comunicações entre o Comando alemão e o Ältestenrat, o Conselho dos Idosos, corpo multinacional judeu responsável pela aplicação das regras internas de trabalho, abastecimento, dos serviços de saúde, policiamento e lazer. E o que era mais importante e sinistro: pelo exercício da justiça! Uma assembleia de judeus aplicando a justiça nazista a judeus! Ironia? Contrassenso? Tortura? Humilhação? Autoflagelo? Ou simplesmente a aceitação da servidão como última alternativa diante do excludente binômio biológico: a vida ou a morte. O beco sem saída. A subserviência ignóbil, a renúncia

---

[43] Abreviatura de Panzerkampfwagen, veículo blindado de combate. Tanque de batalha.

moral! Isso não era bem-visto pelos internos. Mas a pergunta: "O que fazer?" ganhava aqui outra conotação político-ideológica!

Para os internos, servir ao Conselho era uma forma de se distanciar das punições e de se beneficiar, de alguma forma, de pequenas benesses. Quando o campo, em pouco tempo, se abarrotou de concentrados, eram milhares os que se ofereciam a servir o poder interno, como responsáveis por quarteirão, por dormitórios, por não importa que função. E a lealdade contava muito. Era a busca de proteção. Às favas os escrúpulos! Diante do apocalipse ou mesmo da simples possibilidade de marginalização, a honra costuma desocupar facilmente o corpo dos homens, transformando-os em dóceis animais servis. *É nessa hora que afloram a firmeza ou o embuste dos princípios de cada um. Certo está que o mimetismo é um meio de enganar e escapar do inimigo. É da natureza. Mas entre a grandeza da coerência e a pequenez da servidão não há diferença adjetiva de grau. Há uma diferença substantiva de essência. A glória só tem uma dimensão. A servidão não escolhe tamanhos!*

O encontro de Antonin com Ilana foi por demais emocionante. Uma espécie de altivo arrependimento de um lado e, de outro, uma indisfarçável oportunidade de reconciliação. Se durante a paz a razão do orgulho ferido determinou uma cerebrina decisão, agora, na guerra, o impulso natural do afeto pôs por terra o frio edifício de toda a razão. No abraço, selado estava o compromisso da luta pela salvação. Não há amor fora da vida!

A primeira coisa que Ilana pediu a Antonin foi que procurasse recuperar e trazer seu contrabaixo. A segunda foi que a mantivesse informada sobre as deliberações do Conselho em suas reuniões secretas. Saber o que lá se passava tinha uma dupla finalidade: a de usar a informação como defesa e de fazer dela um meio de aferição de sua fidelidade. O instrumento musical, naquela hora, não era só uma parte importante de seu corpo, que lhe fazia falta. Era, na realidade, um objeto-chave para que ela pudesse se engajar na concretização de um trabalho de caráter político, de fundo moral, humanitário, de reconstrução de um espaço de superação da indignidade de estar vivendo uma violentação pessoal e coletiva. Por demais opressivo que fosse o ambiente, ainda havia espaço, e muito, para isso. Estava ali, plantada à sua frente, uma comunidade composta de milhares de vidas comuns, outras que já haviam tido a oportunidade de extravasar criações dos mais diferentes quilates, manifestadas estas no campo das ciências puras e aplicadas, no das produções artísticas de um espectro muito rico e variado. Nada daquilo poderia simplesmente ser aceito como materiais descartáveis. Também havia o que para ela talvez fosse o mais significativo objeto de preservação e trabalho: as milhares de crianças que se viam privadas dos meios e instrumentos para o desabrochar de suas qualidades criativas. Era necessário engajar-se nos movimentos internos de cultivo da vida, através do uso pedagógico das artes como expressão da crença a ser cultivada de que era possível sublimar as intempéries. De forma concessiva ou clandestina, articulava-se no campo a organização de uma série de oficinas de música, teatro, literatura, desenho, pintura etc. Eram muitos os talentos ali aprisionados. Não havia sentido deixar de convocá-los à resistência possível.

Muitas dessas iniciativas foram de pronto aproveitadas pelo comando alemão, para transformar certos talentos em armas de propaganda ou, simplesmente, operários de muitas firmas alemãs de diferentes ramos de produtos. Se as atividades visíveis e permitidas não podiam ser ofensivas aos rígidos princípios da ideologia nazista, as que se desenrolavam clandestinamente, e não eram poucas, encarregavam-se de dar à produção o seu caráter de denúncia.

A preocupação com a preservação de provas materiais sobre o que ocorria no campo levava a formas de perpetuá-las, como a usada pelo desenhista e gráfico checo, Bedřich Fritta, que enterrava suas produções em uma caixa metálica, para que fosse uma espécie de pedra fundamental a testemunhar uma época, uma história. Os adultos e adolescentes tinham diariamente o trabalho obrigatório como tarefa. A eles, só se permitia o ensino de trabalhos manuais. Aos menores, nada de ensinar línguas e humanidades, por mais competentes que fossem os pedagogos vindos de importantes centros europeus. A concessão de fazer entrar no campo instrumentos musicais e outros apetrechos importantes para a expressão das artes, inclusive o piano de cauda do sociólogo e músico Paul Eppstein, que havia pertencido à Associação dos Judeus na Alemanha, o segundo presidente do Conselho dos Venerandos, possibilitou ampliar a atuação dos artistas. Ilana se engajou em duas frentes de trabalho: fazer parte dos conjuntos de música erudita e trabalhar num ateliê de ensino instrumental para jovens. Isso depois de seu trabalho diário como costureira. A maior parte dessas atividades se desenrolava à noite, quando sempre circulavam cópias de textos literários e os escritos à mão sobre os mais diferentes conteúdos, quando também as expressões mais silenciosas ocorriam às escondidas, em recônditos cantos dos alojamentos.

Com a percepção de que em Terezín encontrava-se uma elite altamente produtiva, o comando alemão taticamente transformou a unidade em um espaço onde as atividades culturais poderiam servir de contra-argumento às notícias que se espalhavam sobre desumanidades produzidas nos campos de concentração. Deixar de aproveitar a oportunidade de associar o caráter do campo como confinamento de inimigos, sacrifício de vidas, trânsito para a emigração para outros campos de trabalho ou extermínio, ao de cartão de visita para o mundo exterior seria jogar fora uma preciosidade. Assim, cresceu o cuidado do Conselho ao elaborar as *selektions*, as frequentes listas daqueles que deveriam ser deportados para outros campos. Os mais notáveis, aqueles pelos quais o mundo poderia ter algum interesse, deveriam ser preservados, a fim de serem mostrados quando necessário. Os demais? Que sofressem permanentemente aguardando a próxima lista!

A capacidade do campo muito cedo se esgotou. Às levas de ingressos, deveriam corresponder levas de egressos. Era uma questão matemática. Os trens, de 24 de novembro de 1941, quando chegaram os primeiros 342 deportados, a 30 de maio de 1942, vinham exclusivamente da capital, de Brno, Pilzen, Kladno, Nymburk, Budejovice, Třebíč, todas cidades da Boêmia. Nesses seis meses, cerca de 26 mil pessoas desceram de seus vagões para habitar Terezín por um tempo indefinido. De 9 de janeiro a 25 de maio de 1942, embarcaram de Terezín para Fila, Izbica, Piaski, Rejowiec, Varsóvia, Zamość, Ossawa, Lublin, perto de 14 mil deportados, todos destinos poloneses. Dessas levas faziam parte todos os Boêmios e Morávios que não eram judeus, o que converteria Terezín em um assentamento exclusivo de um só povo. A partir de maio de 1942, mudaram as proveniências e os destinos. Os trens passaram a chegar da Alemanha e da Áustria e partir para Treblinka e, cada vez mais, para Auschwitz, ambos na Polônia. Nada menos que 100 mil, dos quais só poucos sobreviveriam. Os deslocamentos, que antes de 1942 pareciam confirmar uma política de migração forçada dos judeus para o leste, agora não passavam de uma solução temporária. Se as experiências anteriores de destruição das vidas já vinham sendo praticadas através da fragilização dos corpos pela fome, pelo trabalho, pela eutanásia e pelas execuções seletivas das forcas, pistolas ou fuzis, agora o *judenfrei*[44] ganha a dimensão deliberada de eliminação maciça e generalizada. Muitos campos serão designados para exercer especificamente essa função. Não haverá mais que enterrar os mortos. Os "banhos" de gás e as cinzas dos crematórios dos campos de extermínio, aperfeiçoados por certas cervejarias, estavam mais sintonizadas com a nova escala da mortandade. E mais: o que sobrava, jogado nos rios, não deixava vestígios.

Quando Reuben começou a perceber uma espécie de florescimento consentido dos exercícios, ensaios e apresentações musicais no campo, ele, de pronto, creditou esse descortinamento ao papel cabalístico de seu golem, preso no interior do contrabaixo do velho Yonathan. Até onde poderia ir com a força desse totem? Conseguiria ele botar fim a essa loucura? Certo ou errado, o fato foi que, antes de ter sido forçado a deixar Terezín, chegou a assistir Ilana em apresentações das *Núpcias de Fígaro*, da *Flauta mágica*, de *Carmen*, *Tosca*, *Rigoletto*. Com Gideon Klein, viu a filha interpretar diferentes canções folclóricas em duetos com o pianista, assim como com Pavel Haas, nos seus estudos para cordas. Acompanhou de perto a produção das duas dezenas de peças musicais de Viktor Ullmann, tendo, inclusive auxiliado o pianista na reparação de seu piano quando ensaiava a ópera *O imperador de Atlântida* a partir do libreto do jovem Petr Kien, que condensava severas denúncias contra o III Reich.

Entretanto, a tarefa que Ilana mais gostava de realizar era a de formação de novos instrumentistas. Apesar de ter um só instrumento, dedicava-se à orientação de meia dúzia de jovens que passou a frequentar, com a assiduidade possível, às suas aulas dadas no subsolo do alojamento feminino, onde existia uma antiga cave,

---

44 O extermínio dos judeus. Área sem judeus.

praticamente fechada, aberta para o pátio unicamente através de uma pequena claraboia gradeada. Nessa escura clausura, ensaiava suas peças numa espécie de longos adágios preparadores de uma permanente fuga. Sua concentração só era quebrada pela visitação constante de um dos cães policiais da guarda do campo, que, por certo, se desgarrava do canil, que ela não fazia ideia onde ficava, para vir ouvir a triste sonoridade de suas cordas. Tomou-se de amores pelo animal que nunca vira, pois bastava que ela encerrasse seus estudos para o cão desaparecer. Sabia quando ele estava ali. Ele mesmo se encarregava de fazer-se percebido com o ruído que suas patas produziam na pequena janela ao chegar. Ilana desenvolveu com ele uma relação de carinho manifesto, pois toda vez que ela, na ponta dos pés, colocava os dedos entre as hastes da grade, o animal, de pronto, respondia com doces carícias roçando em sua mão o seu focinho frio e sua língua quente. Sensibilidade de um animal que, ao mesmo tempo que despertava sua admiração, servia a seus algozes. Artimanhas do destino. Mistérios da vida!

A prodigalidade da ebulição artística no campo era de uma intensidade desproporcional ao clima de miséria e terror permanentes em que viviam todos. Era uma manifestação coletiva, só creditada à busca de uma catarse libertadora ante as portas de um futuro vazio. Reuben só assim podia entender a determinação que levava Ilana, e toda uma plêiade de talentosos idealistas, a lançar mão das últimas forças para semear e colher, numa só estação, todos os frutos programados para vingar durante a vida toda de um largo e heterogêneo pomar.

As oficinas de artes decorativas eram paralelas às produções individuais. A canalização que propusera Friedl Dicker-Brandeis, ex-professora da Weimar Bauhaus, a escola fundada por Walter Gropius em 1919, pioneira no design e na arquitetura modernista –

fechada em 1933 por ter sido considerada reduto de comunistas – imprimiu, na sua atuação como professora de desenho e pintura para centenas e centenas de crianças do campo, uma marca inspirada na assertiva de que o despertar da vontade para um trabalho criativo era um instrumento de superação das dificuldades, mesmo no inferno. Os milhares de desenhos produzidos por seus alunos, inclusive por sua filha Erna, eram uma terapia de autoencontro de seus equilíbrios psicológicos. Reuben se via depreciado na sua capacidade criativa quando em contato com a grandeza dessas almas douradas, com as pinturas e desenhos de Otto Ungar, Leo Haas, Arthur Goldschmidt, Hilde Zadikov, Charlotta Beresová. Era o caso, também, do versátil artista Karel Schwenk, conhecido como "rei do cabaré", fundador, com outros talentosos jovens, do café-teatro em cujo palco tantas composições criadas no campo eram lançadas.

Apesar de sentir-se um artista menor diante de tanta prodigalidade criativa, encontrava justamente aí uma forte inspiração para continuar vivendo. O que ele e Soshana poderiam dizer das inúmeras performances em que viram a filha integrar a orquestra que dava a consistência musical à ópera infantil *Brundibár*, composta por Hans Krása a partir de um libreto de Adolf Hoffmeister, trazido do orfanato judeu da capital, habitado por crianças que tinham sido separadas dos pais pela guerra? E as mais de cinquenta apresentações dessa obra em Terezín nunca puderam contar com os mesmos músicos e as mesmas crianças cantoras face à transitoriedade das populações do campo! Ilana era a única contrabaixista no campo. Os maestros, e não eram poucos, tinham que adaptar todas as peças para uma orquestra de quatro violinos, um violoncelo, um contrabaixo, clarinete, guitarra, acordeão, piano e percussão. A orquestra de cordas, organizada pelo maestro Karel Ancerl, os concertos de piano que o virtuoso pianista Carlo Taube apresentava na praça central, o trabalho pedagógico das canções e pequenas peças de Raphael Schächter, no sentido de elevar o espírito de resistência das pessoas, as inúmeras sessões de piano de Juliette Arányi, o jovem Gideon Klein, Alice Herz-Sommer, Bernard Kaff, as performances dos corais formados por tenores, baixos, sopranos, barítonos, contraltos, como Karel Berman, Gertrude Borger, David Grünfeld, Hilda Aronson-Lindt e tantos outros intérpretes vindos dos mais diferentes teatros da Europa: a arte como expressão libertadora, como antítese dos obstáculos.

9
O reverso da moeda

A capacidade de abrigar cerca de 60 mil pessoas, como se fossem habitantes de um gigantesco cortiço, era o limite da Fortaleza. De 24 de novembro de 1941 a 29 de dezembro de 1942, 100 mil deportados desceram dos trens em Terezín para se alojar transitoriamente no gueto. O equilíbrio crítico era dado pelo vaso comunicante das entradas e saídas. Quando Reuben e Benyamin ingressaram no campo, uma dezena de trens já havia levado para o leste alguns milhares de deportados. Os primeiros "vagões de gado" deram corpo ao primeiro comboio exportador já em 9 de janeiro de 1942, quando em Terezín não havia mais que 8 mil concentrados. Daí em diante cresceu exponencialmente o tráfego nas duas direções. Imigração para o trabalho, no início. Logo em seguida, emigração para o descanso... eterno!

A vida no interior do campo era por demais cruel, tanto física quanto psicologicamente. As necessidades básicas eram cada vez mais atendidas em seus limites mínimos. Como quem trabalhava recebia uma ração um pouco mais reforçada, Reuben, Benyamin e Ilana se revezavam em reservar um pouco de suas rações para Avigail e Shoshana, cada vez mais debilitadas e emudecidas. Sua ração, extremamente insuficiente em calorias, fazia de cada dia uma imensa porta de entrada ao universo da morte espontânea. Essa atitude de solidariedade familiar, para superar a incontingência, tinha que se desenvolver às escondidas para que as vistas de permanentes olheiros concidadãos não os flagrassem contrabandeando alimentos. O serviço deliberado, de ninguém sabe quantos, em municiar os comandos com delações sigilosas, era uma covarde moeda usada para tentar escapar das permanentes listas de deportados expedidas quase diariamente pelo Conselho dos Anciãos, quantificadas previamente pelos alemães responsáveis pelo campo. Trabalho amargo que a liderança judia tinha que enfrentar, transformando números em nomes. O suplício de ter que matar, antes, a honradez, os princípios. Quem iria desta vez? Velhos, doentes, crianças, rebeldes, braçais qualificados, adultos, jovens, um tanto de homens, outro de mulheres? Isso variaria segundo a otimização de critérios sempre aleatórios. Era imperioso atender, caso contrário o próprio nome estaria na próxima lista. O Conselho dos notáveis era formado por cortesãos, como Dâmocles! Fiéis e leais aos superiores. Estes, porém, diferentemente, sórdidos verdugos.

O fumo era absolutamente proibido. A gravidez também. À semelhança da política de esterilização, já levada a efeito em todo o território ocupado, era imperioso evitar a reprodução dentro do próprio campo. Procriar contrariava frontalmente as decisões que iam na direção da busca da pureza racial. Impossível contabilizar os abortos e as mortes impostas às mães como decorrência da falta de cuidados com as intervenções. Mesmo assim, à custa de artifícios os mais variados, o assentamento, quando em vez, ouvia o choro de um recém-nascido. O enfrentamento com que muitas grávidas heroicamente defendiam seu direito à procriação era um libelo concreto contra essa terrível imposição, pois sabiam, e muito, o permanente perigo que corriam de uma descoberta direta por parte dos inspetores de barracão ou de uma simples delação anônima, trocada por mesquinhos favores temporários dos superiores. Era a sublimação da ameaça da morte depois da vida contra a certeza da morte antes dela. Um longo e martirizante sofrimento repleto do mais transcendente significado. A maternidade, esta sublime força animal!

Reuben, em conversa reservada com Ilana, em um dia após uma apresentação de música de câmara em seu barracão, confidenciou à filha que vinha desenvolvendo, cada vez mais, uma ansiosa sensação de que a vida de Avigail e de Benyamin estivessem em perigo muito próximo. Não que a situação de Shoshana fosse muito melhor. Ela também sofria com a internação de seus pais no campo e com a angústia permanente em se sentir insegura. A preocupação e a apatia de Reuben eram crescentes. Diretamente proporcionais à sua incapacidade de encontrar uma razão para tanto sofrimento. Nisso, contrariava o discurso politizado de Benyamin, que sempre repetia a ele que o sofrimento pelo qual todos passavam haveria de ter um significado. Ter pelo que viver era a única força que daria sentido à vida. Que a encarnação do super-homem de Nietzsche não era um privilégio do inimigo. Que ele se encontrava atuante no interior de cada um, como a "vontade de poder" de Zaratustra, condição para o engajamento na luta pela superação do homem pelo homem. Vã filosofia de caráter romântico-individualista a contrariar as leis maiores da ordem social que ele próprio dizia defender ou oportuno simbolismo da crença no papel da vontade coletiva dos "escravos"? "O que não me destrói, me fortalece!", vivia repetindo.

A internação de Avigail na enfermaria do campo, por conta de uma insidiosa pneumonia, poderia gerar um quadro que desse aos superiores o aval para que ela tivesse a destinação que era dada aos irrecuperáveis, isto é, o abandono e a morte espontânea. O médico atendente, a quem era dado o dever de decidir sobre o destino do doente, não poderia prevaricar na sua avaliação. A proteção a um doente podia corresponder à punição da Selektion. A rápida degeneração dos estados de saúde, face à desnutrição e às demais condições oferecidas à sobrevivência sadia, carreava, cada vez mais, internos ao hospital ou diretamente para o cemitério. Era a própria seleção natural. Tuberculose, diarreia, hepatite, febre tifoide, meningite e outras tantas doenças oportunistas se encarregavam de abreviar a vida de tantos. Num certo momento, o alto comando alemão foi obrigado a providenciar uma operação de desinfecção generalizada face ao risco de uma epidemia de tifo que se mostrava quase inevitável. Uma campanha para que os internos dedicassem especial atenção à multiplicação dos piolhos, que grassava nos dormitórios, foi desencadeada, tendo como bandeira a frase estampada em muitos lugares: "Um piolho, sua morte!".

No início, valas abertas do lado externo da fortaleza passaram logo a receber, diariamente, uma quantidade crescente de corpos. Não demorou muito para um novo problema aparecer no descarte dos corpos. O lençol freático dos arredores, muito próximo à superfície, era um complicador à operação de sepultamento. Mandar os corpos para serem cremados em Buchenwald era uma operação complexa e antieconômica. O crematório local, inaugurado já em 1942, veio a oferecer uma solução mais rápida e mais barata. Como corolário, um aumento nas oficinas internas da produção das caixas de madeira usadas para transportar as cinzas até o rio. As vítimas, judeus. Os carrascos, judeus. Os agentes funerários, judeus. Os "coveiros", judeus. A lei? Ah, a lei! Essa farsante esfinge escamoteadora da dominação dos mais fortes. Para os mais fracos, sempre um indecifrável enigma mitológico. As cogitações de ordem moral perdiam sentido diante da objetividade da preservação da vida. Para a maioria, não restava outra opção senão a apatia ética de continuar não sendo vivo, mas sem ser morto!

Após a conversa com o pai, Ilana logo procurou entrar em contato com Antonin. Teve que esperar a próxima reunião do Conselho para poder lhe falar. Antonin logo se pôs a campo para evitar que Avigail caísse na vala comum dos descartáveis. Não foi fácil. O estado de saúde daquela avó de Ilana, que gostaria que fosse sua parente afim, era realmente delicado. Estava dez quilos mais magra e não havia remédios suficientes para atender aos doentes. Ela teria que reagir com suas próprias forças. O compromisso que Antonin conseguiu dos agentes da enfermaria foi o de garantir um tempo maior para sua recuperação, antes de qualquer decisão sobre o que deveria ser feito. Quanto a Benyamin, a situação não era menos delicada.

Ilana já sabia que o irmão estava fazendo parte de uma célula que planejava operações de boicote e insubordinações dentro do campo. Uma delas já havia destinado alguns amigos para as listas da morte por se recusarem a usar a estrela de seis pontas, em cor amarela, que todos eram obrigados a portar em suas roupas. Essa simples demonstração de rebeldia, em relação a uma obrigação que apunhalava o orgulho de todos por identificá-los como inimigos, como desiguais, era o suficiente para a decretação da punição máxima, a de dar lugar a outro. E não era só isso. Sabia ela que Benyamin exercia, no grupo de insubordinados, uma liderança que seria capaz de levar muitos internos à perpetração de ações extremamente perigosas, como a de roubar armas dos SS para montar um arsenal que justificasse uma revolta interna vitoriosa.

Antonin, tomado de um medo preocupante, pois nada mais poderia fazer em benefício do jovem a quem tinha um apreço especial, advertiu Ilana sobre o que vinha acontecendo em muitos guetos com os revoltosos, inteirando-a, também, da deportação em massa de cerca de 300 mil judeus poloneses do gueto de Varsóvia para o extermínio em Treblinka, do genocídio cigano em Lodz e em Auschwitz II, assim como da inauguração das câmaras de gás e dos crematórios em Sobibor e Belzec. Fez Ilana ciente de que a Pequena Fortaleza, do outro lado do rio, defronte a Terezín, onde ficava o comando alemão, estava abarrotada de prisioneiros de guerra, cada vez mais vindos da frente soviética.

Não demorou muito para que o Conselho dos Anciãos fosse severamente advertido da existência no campo de atividades incompatíveis com a natureza da comunidade. A constante falta de empenho de muitos jovens em prestar seus trabalhos com a produtividade necessária já havia causado penalizações e, mesmo, baixa na vida de muitos. Essa era uma forma de resposta surda ao clima de escravidão a que todos estavam submetidos, aceita como válida pela maioria. O que grande parte dos concentrados não aceitava era que essas manifestações viessem acompanhadas de acusações e palavras de ordem cujos fundamentos fossem classificados como comunistas. Uma luta interna era fermentada entre facções cuja visão de mundo opunha propósitos, crenças, expectativas de soluções para os problemas, estratégias de preservação da vida, esperanças de indultos. O combate ao nazismo, para uns, era de fundo essencial. Para a maioria, porém, não passava de uma luta interna à cadeia alimentar. Estes se encontravam num constante impasse entre qual inimigo temer mais. O nazismo machucava o corpo. O comunismo, a alma! Benyamin teve disso uma amarga e irrefutável prova quando de um fortuito encontro com o avô materno num canto reservado junto ao alojamento destinado aos jovens alemães, em frente ao Stadpark. Foi o neto que reconheceu o avô e o abordou. Este, por detrás de sua costumeira arrogância, mal reconheceu o jovem que, de fato, estava desfigurado pela magreza e pela cabeça raspada que o igualava em meio a tantos outros. Tiveram uma conversa rápida, desprovida da menor emoção, sem mesmo nenhum contato físico de um abraço que fosse. O avô foi amargo e direto na imediata repreensão pelo que já havia chegado aos seus ouvidos quanto à sua posição de franca objeção ao tratamento dado a todos no campo. Fez o neto ver o quanto aquela atitude de hostilidade ao comando alemão era um ato que ele julgava impensado, de imaturas criaturas, tomadas pelo espírito revolucionário que punha todos em um perigo maior. Chegou a repetir ao neto as palavras de Eppstein, o presidente do Conselho, intelectual de cepa comunista, de que a comunidade do gueto deveria, como um navio ancorado ao largo, aguardar que o porto se tornasse seguro para o desembarque. Que tivessem confiança no comandante, o único que conhecia a estreita passagem até o ancoradouro. Benyamin sabia que essa era a esperança vã de um "oficial de marinha" que, na verdade, nada entendia de navegação.

A homogeneidade dentro do campo se limitava ao porte visível, obrigatório, da estrela de seis pontas. No mais, ele confinava uma comunidade extremamente distinta, heterogênea. Seu corpo material era composto mais por um lote aleatório e instável de componentes de todos os aspectos, idades, sexos, procedências. A maioria não se via originariamente agregada a ninguém. As famílias? Eram poucas. Uma infinidade de crianças órfãs e de idosos solitários dava aos extremos da vida uma semelhança mórbida. Um sentimento de solidão e uma sensação de desamparo eram mais terríveis que a perda da identidade física, provada diante de qualquer espelho. Histórias pessoais, línguas, crenças, formações, hábitos, costumes, convicções, capacidades, enfim, uma babel de desarraigados. A insegurança natural, advinda de um quadro de vida anormal, em que o que era pessoal se resumia aos óculos, só fazia aflorar, em grande parte da população, reações comportamentais dignas de um pedagógico painel das mais diferentes psicopatologias. O suicídio quase nunca era cogitado. O estado de generalizada indiferença conseguia o milagre da aceitação da inevitabilidade de um só destino. Era o que, paradoxalmente, fazia com que cada um se agarrasse ao que pudesse para preservar a vida. Não havia outra coisa a fazer! Perdiam-se, por isso, os referenciais que impunham um mínimo de respeito ao próximo. A vida reflexiva se refugiava nos sonhos. E estes... os mais primitivos. O íntimo, reduzido ao nada, só era capaz de projetar desejos, aspirações, satisfações as mais elementares, como comer, beber, fumar, banhar-se, andar. O pão e a água! O ar ainda era um bem livremente disponível para os que não se viam obrigados a respirar o "Zyklon B", mortal ácido cianídrico, comum em outros campos. Ilusões que se convertiam em pesadelos maiores quando se despertava.

Esse estado de destruição pessoal facilitava a obtenção da ordem pela submissão anímica. Não era difícil entender o papel desempenhado pelas artes, como ação ou contemplação, no sentido de oferecer um refúgio produtivo ao sofrimento sem significado. E as respostas coletivas eram as mais encorajadoras, tanto do lado dos que possuíam capacidades de produzir como no daqueles que a tudo se agarravam para continuar se autorreconhecendo. Não era o ter por que viver. Era o ter *como* viver! E essas atividades, a partir de certo momento, passaram a ser reiteradamente estimuladas pelos superiores para dar ao campo uma atmosfera de cumplicidade coletiva, de aceitação e engajamento em relação a um quadro que serviria de propaganda escamoteadora de uma brutal realidade. Mas era aí, também, que entrava o papel dos resistentes ideologicamente comprometidos com a superação política daquele estado de coisas. Mesmo entre estes havia posicionamentos distintos. Os mais ortodoxos defendiam um enfrentamento alucinado, inconsequente, e os que discursavam em favor de estratégias menos suicidas eram partidários das ações de sabotagem, já que acreditavam na transitoriedade das catástrofes. Táticas divergentes. Resultados exatamente iguais.

As mortes no campo passaram a concorrer seriamente com as deportações para o trabalho ou o extermínio em Auschwitz ou Dachau. Por dia, deixavam de viver em Terezín centenas de pessoas. O alvo dessas mortes naturais eram os velhos, as crianças e os trabalhadores mais debilitados, especialmente os usados nas tarefas mais pesadas das minas. A morte era como uma hiena covarde. Aguardava pacientemente a chegada do momento mais oportuno para desferir o golpe de sua mandíbula sobre a vítima indefesa. O afiado fio das doenças era implacável. Foi assim que as duas avós de Ilana e Benyamin partiram quase juntas para as caixas de cinzas, feitas – quem sabe? – por Reuben. Foram fazer companhia a Esther Adolphine, irmã de Sigmund Freud, e a Eugénie Benário.

A separação física a que se submetiam os familiares, pelo aquartelamento em lugares distintos, só fazia por aumentar as angústias derivadas do grande vazio que a vida havia se tornado. A revolta interior diante de tantas injustiças, sentimento que garantia no início um nobre orgulho pessoal, apassivava-se rapidamente para tornar as pessoas um repositório do medo, da amargura, da perda total da identidade, que levava muitos ao limite de ser. O campo, assim, enchia-se de desagregados, de seres degradados em suas estruturas mentais, habitantes de um mundo existencial apartado dos demais, desprovidos de qualquer afetividade. Habitantes do espaço caótico da loucura. Fantasmas ambulantes sem qualquer tipo de humor, desumanizados, desanimalizados. Singelas coisas abandonadas que não precisavam morrer, pois já se encontravam mortas. Mais ossos do que carnes, nutrição garantida dos crematórios. Seu último valor era o ouro de suas próteses dentárias. A vida valorada em gramas e quilates. E havia muitos e muitos que não valiam nada!

A morte das avós levou Benyamin a uma revolta interior sem tamanho. Apesar dos esforços desmedidos que ultimamente vinha fazendo com outros jovens na consolidação do ramal ferroviário que ligava o campo à ferrovia que demandava Dresden, na Alemanha, ele, mesmo bastante debilitado, intensificou sua atuação clandestina durante as noites em seu acampamento. Às leituras e discussões de textos manuscritos, produzidos por tantos inconformados de formação marxista, ele acrescentava a esperança de poder fugir do campo para, ao menos, livrar-se do peso do consentimento apático e covarde a um destino previamente traçado. Era fundamental dizer um não a curvar-se à inevitabilidade da perda da vida, cuja preservação a maioria buscava pela sublimação de sua condição humana. Seria capitular pela aceitação apenas da animalidade contida em cada um. Um último passo para o não ser!

Benyamin, cada vez mais, era alimentado pela figura dos que buscavam a grandiosidade da vida pela rebeldia à acomodação, à concordância tácita de uma predeterminação exterior. Se uma conspiração coletiva, de natureza militar, estava a distanciar-se das condições materiais que lhe pudessem garantir um mínimo sucesso, como já vinha arquitetando desde que chegara ao campo, e se os vulgares manuais do materialismo histórico diziam ser imprescindíveis, aos que buscam soluções possíveis, um mínimo de condições reais, não haveria ciência ou filosofia que lhe pudesse obstar uma livre e soberana decisão de natureza pessoal que buscasse uma libertação honrosa, digna de seu sofrimento. Chega de resumir a vida a um olhar retrospectivo. Não há vida sem futuro... e não há futuro sem perigo! Com uma ideia absolutamente clara de seu tormento, ele o superou, aceitando enfrentar todos os riscos. Era sua última liberdade.

Escolheu Ilana para contar seu intento. Esta o admoestou de pronto, afirmando que aquilo planejado pelo irmão era um contrassenso sem tamanho, pois não haveria como esperar daquela empreitada o menor sucesso. Seria apenas uma forma de dar ao suicídio uma roupagem heroica. E o heroísmo não era próprio de quem lutava na clandestinidade, já que autodelator. A causa da liberdade coletiva, que tanto almejavam, exigia uma tenaz luta contra as adversidades. Que ele deveria ponderar melhor sobre a razão de ter abraçado o marxismo como paradigma de vida e da necessidade de nele encontrar um destino melhor para formatar sua existência. Ele seria mais útil à liberdade tentando preservar sua vida no campo para uma luta possível, em lugar de buscar a liberdade individual desprovida de finalidade. À sua ética, que lembrava Espinoza, ela rebatia com a afirmação de Nietzsche de que quem tem porque viver deve suportar qualquer como! Que se agarrasse ao humor, como forma da lucidez no seu estado mais puro, para dar entendimento à leitura da tragédia pela qual passavam todos ali. Benyamin, que sempre, de modo muito respeitoso e subalterno, ouvira as ponderações da irmã, que muito admirava pelo enfrentamento dos desafios através de seu equilibrado comportamento, mescla de tenacidade, serenidade e candura, sentindo-se acuado e sem resposta materialmente sustentável, retrucou dizendo à irmã que ela se valia de sabedorias metafísicas de ilustres pensadores para demovê-lo de uma ação concreta, imediata e palpável. Que se o humor, para ela, poderia estar sendo julgado como a quintessência da inteligência, para ele, naquele momento, a quintessência do humor estava sendo a sua filosofia! E deu-se por satisfeito.

Ilana, tomada pelo desespero ao saber da irredutibilidade de Benyamin, tentou um contato com o pai na esperança de que este pudesse demover o irmão do planejado. Foi difícil naquela noite conseguir uma aproximação com Reuben. Teve que se valer de um colega de orquestra que gozava de certo respeito dos guardas SS pela sua idade e espírito de colaboração para chegar até o pai, a quem pediu ajuda para que ele também, como ela, se esforçasse para garantir ao irmão a vida provisória que tinha e salvá-lo da morte, definitiva, permanente. Reuben, que já sofria além de suas forças pelo estado de miséria a que sua vida e a de Shosana haviam se transformado, não conseguiu naquela noite achar uma posição menos torturante que todas as outras que já havia ensaiado em seu catre de madeira de vários andares. Muito cedo, antes que os guardas fizessem a chamada daqueles que deveriam partir para os trabalhos externos, pôs-se a espreitar de longe o pátio onde costumavam se perfilar os internos, e a verificar se Benyamin estava entre eles. Nunca havia sentido tão de perto a relatividade do tempo. De fato, entendia melhor do que nunca a razão de os dias serem sempre mais longos do que os meses. A relatividade ganhava fantásticas dimensões nesse enfrentamento a quadros sentimentais opressivos. Quando ouviu a voz do filho se anunciar, Reuben sentiu um bem-estar interior tão grande, como se houvesse escapado de uma sufocante armadilha. Passou o dia na oficina sem conseguir se concentrar, como costumava, para fugir para um passado compensador, único tempo que lhe mitigava o amargor cotidiano. Ansioso, esperou pelo pôr do sol, quando se dava a operação de controle dos que entravam no campo, após a jornada forçada de trabalho. Conseguiu mais uma vez se posicionar de forma favorável a ouvir a chamada feita pelos inspetores e seus auxiliares. Seu coração explodia num bater acelerado e forte que lhe fez rubro em segundos. Havia ficado um vazio no lugar da esperada resposta do filho quando seu número foi chamado. Teve rápido uma confirmação de sua ausência pelo reiterado silêncio que parecia não ter fim. Benyamin não estava ali. Não havia voltado ao campo. O que teria acontecido? Fosse qual fosse o ocorrido, uma abrupta sensação de inapelável perda tomou-lhe o corpo, como se agarrado por um monstruoso torniquete. Esperança? Era natural que, num campo de concentração, ela não fosse a última a morrer.

Não teve como se comunicar com ninguém da família. Nem se atreveria a colocar Ilana e Shoshana na mira do desespero. Não houve sono possível naquela noite. Tão logo rompeu o dia, o campo se viu diante de uma nova e já corriqueira lista de deportados. Mas logo em seguida, por decisão do comandante alemão responsável, avalizada pelos integrantes do Conselho dos Anciãos, do qual o Rei dos Tapetes, pai de Shoshana, fazia parte, a comunidade estava convidada a assistir ao enforcamento de alguns habitantes do gueto pelo crime de tentativa de fuga, alta traição à salvaguarda que o governo do Reich havia prometido a todos quando entraram em Terezín. Para o avô, Benyamin recebia o castigo merecido. Além de fujão, comunista! Ortodoxias e dogmatismos, ingredientes que aproximam os iguais diferentes! Pedagogicamente, os enforcamentos dos jovens se realizaram à luz do dia, defronte a uma plateia atônita, intimidada e silente. Os carrascos? Judeus do campo!

A mãe não resistiu a mais esse trágico golpe. Despersonalizou-se ainda mais diante da carga de tamanha amargura. No início, Shoshana ainda dividia a dor da perda do filho com aquele rancor sem dimensão em relação à atitude do pai. Por que teria ela que ficar entre duas gerações tão opostas? O que teria feito para servir de ponto de choque entre dois ideais tão conflitantes? Por que a ideologia era capaz de gerar ódios tão desumanos? Qual a razão das lutas menores serem tão sublimes quanto as maiores, ou mais? Ou a razão não era capaz de fazer delas nenhum tipo ou grau de distinção? O homem, essa besta egoísta, simples imagem de si mesmo! A conivência com o assassinato: a reação mais sórdida dos interesses pessoais. A dimensão paroquial mais desumana da luta de classe!

Ilana se deu conta de que era a única que ainda podia oferecer aos pais uma perspectiva de encontrar um sentido para a existência naquelas circunstâncias. Conseguiu, apesar de todos os condicionamentos da vida exterior, fugir daquela determinação escravizante de submissão ao voluntário abandono da vida. Ainda continuou sentindo-se digna ao lutar pela preservação daquilo que parecia ser para ela a última morada de sua humanidade: a liberdade de não se sujeitar existindo condicionada à psicologia do cárcere. A música, apesar das circunstâncias, ou justamente por elas, continuava sendo mais do que antes, uma sublime manifestação da possibilidade de criação acima da qualidade bruta das coisas. Era essa perspectiva de natureza transcendente que daria a cada um o seu caráter de imprescindibilidade diante da vida. A aceitação da inevitabilidade da morte, pela renúncia, seria sorver voluntariamente o veneno do inimigo. Continuar vivendo era uma maneira de derrotar o adversário. E assim, a vida era em si a maior das armas. Era isso que a encorajava, permanentemente, a ter para os outros uma palavra de alento e uma atitude que pudesse servir de encorajamento à manutenção da existência e à alimentação de um sonho futuro, mesmo que este fosse apenas o fim do sofrimento físico. Uma crença qualquer que continuasse dando a cada um aquele ponto de encontro consigo mesmo. Uma noção íntima de sua altivez e de autodomínio, de último guardião de sua individualidade. A solidariedade como instrumento do princípio do "*ex aequo et bono*".[45] A busca de tornar igual o diferente. De virar às avessas o egoísmo. De entregar-se ao outro como se este fizesse parte de nossa independência. Lembrava ela que era possível fazer leituras múltiplas da máxima que impunha dar segundo as capacidades e receber segundo as necessidades. O truque usado pela *anima* contra a vulnerabilidade do *soma*. A cura pela prevenção da doença. Estratagema ao alcance de alguns. Solução longe, extremamente longe, de muitos.

Antonin, apesar de submetido à mesma guerra que Ilana, não experimentava a sensação de ter sua vida colocada em risco. O fato de seu campo de concentração ser o da acomodação passiva dos vencidos, fazia-o livre para ações colaboracionistas, cujas intenções poderiam ir da obtenção oportunista de vantagens pessoais até aquelas, mais nobres, quando buscava cruzá-las envolvendo a salvação de terceiros. Nesse caso, era o que esperava estar fazendo com Ilana. A hipocrisia do interesseiro e a nobreza do sentimento amoroso irmanadas num só corpo. Aliás, combinação comum no receituário praticado pela maior parte dos personagens da suja

---

[45] Princípio jurídico segundo o qual, em virtude das circunstâncias, o julgamento deve ser decidido de acordo com o que é justo e bom, com equidade, e não, simplesmente, pela aplicação cega do direito posto.

fábula da vida. "A mão que afaga é a mesma que apedreja."[46] Nada havia podido fazer por Benyamin. Nada poderia fazer pelos pais de Ilana, agora definitivamente presentes na mais nova lista de deportados que acabara de ser exposta no grande quadro da praça central. Bem que tentara, na última reunião do Conselho dos Anciãos, argumentar a favor do casal, mas foi obstado com palavras muito ásperas pelos presentes que já haviam sido seriamente admoestados pelo comando alemão pela tentativa de alterar o rol dos nomes de listas anteriores. Afinal, a lista de que Reuben e Shoshana faziam parte atendia plenamente a cota das diversas categorias de pessoas exigidas pelo Comando. E não era só isso! Depois de mais de cinquenta dias em que não saía nenhum trem com carregamento humano para outros campos, o pedido, agora, envolvia mais de 7.500 pessoas. Teriam que embarcar em vários comboios, o que, aliás, foi realizado em dias sequentes em meados de maio daquele 1944. Shoshana seguiu para Auschwitz, na Polônia, como seguiriam os compositores Viktor Ullmann, Pavel Haas, Hans Krása, James Simon; o maestro Rafael Schächter; os músicos Juliette Arányi, Bernard Kaff, Egon Ledeč, Carlo Taube. Pensando que ainda iria se encontrar com Shoshana, Reuben, desconhecendo seu destino, como todos os outros, seguiu com mais quatro jovens na direção oposta. Seu trem iria para Bergen-Belsen, na Alemanha. Estava selada a separação física definitiva de um mesmo coração que habitava dois peitos separados. Só a lembrança continuaria a uni-los.

Ilana não teve como se despedir de seus pais. Buscou, naquele 16 de maio, refugiar-se como pôde no escuro e frio território de sua cave. Seus únicos companheiros foram o contrabaixo de seu

---

46 Augusto dos Anjos, "Versos íntimos".

avô Yonathan e seu ouvinte permanente, o cão pastor ainda sem nome. Lá fora, a majka, árvore símbolo da nação checa, ainda se encontrava coberta de flores a sugerir que a natureza é mais previsível e fiel do que os homens. Recolhida em si mesma, agarrou-se ao instrumento como se ele contivesse em seu interior um par de mágicas asas e, ao som do terceiro movimento da sonata nº 2 de Frédéric Chopin[47], voou na direção de um mundo diferente, onde todos eram rigorosamente iguais. Teria sido inspirada pelo golem?

Os rumos opostos em que correram os trens de prefixos E e RUM não fizeram diferentes as horas amargas por que passaram seus passageiros. As mesmas horas amargas em Terezín, que, daí em diante, passou a assistir às maciças deportações para os campos de extermínio na mesma proporção em que os exércitos soviéticos avançavam vitoriosos na direção de Varsóvia. Era o eco de Stalingrado! A Pequena Fortaleza, ao lado do campo, viu Eppstein ser fuzilado em setembro, juntamente com os demais integrantes do Conselho de Anciãos. Motivo? Traição! Em seu lugar foi nomeado o rabino Benjamin Murmelstein, austríaco de Viena, que assistiu pela segunda vez à maquiagem feita no campo quando da visita-inspeção realizada pela Cruz Vermelha Internacional por força dos pedidos dos reis da Dinamarca e da Suécia. Nas duas ocasiões, o campo foi, então, mostrado aos visitantes como sendo um modelo de respeito aos prisioneiros, como seriam todos os outros campos, pela aplicação do falso formalismo da lógica. Diziam que a imprensa internacional, evidentemente, falsificava a verdade quando afirmava serem espaços de escravidão, tortura e mortes. A estética a serviço da ética mentirosa, como em muitas das plásticas embelezadoras. Antes da visita, os debilitados fisicamente foram

---
47 Marcha fúnebre.

a carga de muitos vagões, as ruas se fizeram limpas, as fachadas foram pintadas, jardins, flores, casas comerciais, uma agência bancária, corais, orquestra e as escolas...em férias. Uma cidade do sol, utopicamente real! O laudo produzido pelos inspetores não acusou nenhuma irregularidade ou extravagância em Terezín. Pelo contrário! O suíço Maurice Rossel, delegado da Cruz Vermelha, em seu relatório, chegou a afirmar ter encontrado "uma cidade que vive uma vida quase normal". Tudo perfeitamente de acordo com o que previam as normas internacionais de defesa da pessoa humana. A suástica e a cruz humanitária estavam rigorosamente de acordo. O negro e o vermelho. Com papéis trocados!

10
Dora[48]

Reuben estranhou que naquele vagão havia sido o único a subir. Lá dentro estavam outras quatro pessoas. Todos homens e mais jovens. Não identificou nenhum deles. Pela aparência física, pareciam não pertencer ao seu campo. Não traziam a estrela amarela nas roupas e, sim, um triângulo vermelho que tinha ao centro a letra U.[49] Falavam uma língua estranha. Nenhum dos sinais comuns aos habitantes de Terezín parecia marcar seus rostos e suas atitudes. Estavam bem nutridos, eram extrovertidos e ainda capazes de rir. Pareciam altivos, seguros. Notou também que a composição era por demais curta. Apenas dois vagões e um deles parecia carregado de madeira e sacos que lembravam conter algum minério. Ficou perdido por um bom tempo e só tomou consciência de onde estava quando o trem parou na estação de Weimar para recompor a carga de água da locomotiva. Bateu-lhe no estômago o pesado soco da clarividência. O que até então era uma esperança toma o corpo con-

---

48 Este capítulo contou com informações encontradas no livro de Pol Pilven, *Survivre en camp de concentration* (Éditions du Rocher, Monaco, 2002), responsáveis pela transferência da experiência de seu autor ao conteúdo da narrativa.
49 Húngaro.

creto da verdade. O trem não estava indo para Auschwitz, como diziam no campo. Teve certeza de que nunca mais veria Shoshana. E seu destino, por certo, não seria o mesmo dela. Pobre menina rica!

Não demorou para o trem retomar sua lenta marcha nem para chegar à próxima parada: Nordhausen. A sete quilômetros dali ficava o grande complexo de diversos campos de trabalho centralizados pelo de Dora-Mittelbau, não muito distante do de Buchenwald. Até a estação de Dora, onde o trem deu por finda aquela viagem, foi pouco mais que uma dezena de minutos. Sua cabeça, entretanto, no mesmo espaço de tempo, recuperou cinquenta anos de história. *O cancioneiro tem razão quando diz que a gente voa quando começa a pensar...*

Assim que o trem parou, uma patrulha fardada se encarregou de dar ao grupo destinos diferentes. Reuben, sozinho, foi levado a um edifício que não tinha nada de provisório. Foi atendido num escritório onde vários oficiais militares se misturavam a civis, indistintamente simpáticos. Não demorou para ser chamado a uma mesa onde seu interlocutor falava fluentemente o checo. Foi aí que ficou sabendo que sua escolha estava absolutamente relacionada com sua profissão. O campo do conglomerado industrial, sob a liderança da empresa de nome Dora, servia a um Mittelwerk GmbH,[50] responsável pelo desenvolvimento e produção de armas e munições e que se preparava para ver transferida para suas instalações a fabricação do míssil balístico Vergeltungswaffe 2, que iria substituir o Fi 103/FZG-76, conhecido como Bomba Voadora ou V1, ali também montado. O projeto precisava de mão de obra especializada e ele havia sido indicado pelo Conselho de Terezín como um dos mais capacitados artesãos da Boêmia. A bomba V2 necessitava dele. Devia haver delicadeza para conferir a precisão

---

50 Central de Produção Ltda.

de certos componentes fabricados fora dali, importantes peças responsáveis pela deflagração desse míssil balístico. Nesse campo, seu trabalho mudaria de qualidade. As toscas caixas de madeira ou papelão que sua oficina produzia em Terezín, para abrigar ossos e cinzas de seus compatriotas, se transmudariam em poderosos instrumentos de destruição de massa. Seu poder mortífero, sua velocidade e seu alcance estariam a serviço de uma estratégia de ataque e defesa que deveria mudar o rumo da guerra, que naquela altura já minava a resistência do Reich. Ainda demoraram uns meses para o início da complicada operação de montagem, o que viria a acontecer somente no começo do outono.

Reuben logo recebeu sua roupa, como a de tantos outros, um uniforme listrado de branco e azul, um boné e um distintivo com os já conhecidos triângulos amarelos. Este, porém, trazia em seu centro a letra T, de tchecoslovaco. Foi-lhe designado um lugar num dos muitos barracões dispostos ordenadamente num vasto espaço limitado por altas cercas de arame farpado com sentinelas a cada 100 metros, onde estavam outros serviços do campo, fora da área das instalações fabris. Assim que entrou nesse espaço foi recebido, no portal, pelo mesmo apelo que servia de boas-vindas aos que ingressavam em Terezín: *Arbeit macht frei*.[51] Faltava dizer a quem! Teve seu cabelo cortado e passou por um banho de desinfecção numa piscina fria. Seu dormitório fazia frente à grande praça onde acontecia o controle dos presentes duas vezes ao dia. Estranhou que sua cama fosse melhor que a anterior. Logo percebeu, porém, que ele estava designado para habitar um barracão singular. O dos trabalhadores especializados. Havia ali alguns engenheiros, médicos, professores, um padre católico, de proveniências as mais

---

51 "O trabalho liberta."

díspares. Russos, ucranianos, poloneses, checos, franceses, belgas, espanhóis, italianos, húngaros, cuja formação acadêmica facilitava a comunicação nessa pequena babel. Esperava que esse privilégio se estendesse a outras necessidades da vida. E não demorou muito para obter uma confirmação. Logo soube pelos companheiros de barracão que às vezes eram premiados com uma refeição mais substanciosa, uma sessão de cinema e até – ficou absolutamente pasmado – uma visita ao prostíbulo! Só era necessário corresponder à expectativa dos que achavam que o trabalho liberta. Essa busca pelo melhor aproveitamento de cada prisioneiro e a distribuição de pequenas benesses aos mais capacitados, levavam os que entravam no campo a usar a estratégia de, nos interrogatórios, sempre dizer ser especialista em alguma coisa. Às vezes, dava certo!

O mesmo tratamento não acontecia com os milhares de trabalhadores dos outros barracões, submetidos a operações menos nobres, a um regime mais desumano e a uma alimentação que se limitava a um prato de sopa com pedaços de nabo, um naco de pão preto, o conhecido KK, e uma pequena barra de margarina. Isto, uma vez por dia. Com essa ração e o regime de 12 horas ininterruptas de trabalho diário, a vida deveria durar cerca de oito meses, se nenhuma doença abreviasse ainda mais essa expectativa. O emagrecimento é visivelmente rápido. Baixar à enfermaria, por exemplo, era estar a um passo da partida pela chaminé, como se dizia. Cáustico eufemismo para a morte. Tudo absolutamente calculado pela ciência econômica da guerra. Afinal, era uma questão de refinamento do conceito capitalista de custo-benefício. Uma das múltiplas formas de escapar da chaminé era não ficar doente, isto é, aguentar o sofrimento até a máxima intensidade. Havia outras formas de prolongar a vida. Menos nobres, é verdade, mas... Buscar ocupar cargos hierarquicamente superiores ao de trabalhador ordinário. Como o controle mais imediato do trabalho era feito geralmente pelos próprios internos, o cargo de *kapo*[52] ou o de chefe de bloco sempre rendiam uma certa proteção dos superiores alemães. E não faltavam os bajuladores desses mentores da ordem, que não passavam de aplicados capatazes, eficazes colaboradores. Essa proteção surda era um caldo de cultura para o sadismo dos "chefes" contra seus iguais. A autogestão da disciplina era uma sábia forma de administrar o trabalho no campo. *É sabido que, nos Estados governados pelo terror, tem-se mais medo do guarda da esquina que do Comandante Supremo da Segurança. Em Dora não era diferente.* Os SS alemães costumavam ser mais camaradas do que esse exército de pusilânimes. Não que não houvesse punições. Geralmente eram aplicadas com as mais sórdidas brutalidades. Do chute à forca! O medo era o grande sentimento pacificador. Não era sem motivo que, em certos campos, era comum ver a inscrição: *não importa que me odeiem, contanto que tenham medo.*

Reuben prontamente percebeu a importância de sua função naquele canteiro surrealista. Milhares de autômatos realizando as mesmas operações, numa cadeia de produção absolutamente concorde com os princípios tayloristas. Estava, talvez, no mais importante campo de trabalho da Alemanha. Ali, sim, a produção decidiria a guerra. Motores de aviões e os avançados mísseis balísticos, menina dos olhos de militares e cientistas, que, desde o final de 1943, tinham a produção concentrada apenas nessa unidade. A unidade pioneira de Peenemünde, no Báltico, onde a equipe de von Braun havia feito os primeiros experimentos com os foguetes torpedos, e a de Wiener-Neustadt, na Áustria, tinham sido bombardeadas e

---

52 Termo usado para designar certos presos que trabalhavam nos campos de concentração em cargos hierarquicamente inferiores. Inspetor.

destruídas pela aviação inglesa com o concurso de pilotos checos exilados na Inglaterra. Tudo agora se concentrava ali, numa ampla bacia em meio às colinas calcárias na parte meridional da cadeia do Harz, no Kohnstein, centro-norte da Alemanha. Antigos túneis cavados em 1917 por uma fábrica de amoníaco foram comprados em 1934 para compor estratégicos armazéns subterrâneos de combustíveis e certas matérias-primas. Em 1936, foram transformados em dois gigantescos túneis paralelos de alguns quilômetros de comprimento, cada um com altura de sete metros, unidos entre si por cerca de 50 túneis transversos, alguns deles ligando enormes câmaras de dezenas de metros de altura, onde justamente ficavam os diversos núcleos de fabricação com suas enormes bancadas. Tinham piso cimentado, por onde corria uma linha férrea que dava entrada, de um lado, para as peças componentes e, de outro, a saída para os depósitos da produção acabada: peças, como os mísseis V2, de até 15 metros de comprimento! Era a fábrica mais protegida da Alemanha. Por fora, o dia e a noite se revezavam no seu constante vaivém. Por dentro, um ambiente absolutamente atemporal. Um permanente ar carregado de repugnante fumaça obrigava ser a respiração um contínuo ato de heroísmo fisiológico.

Nessa cadeia produtiva, coube a Reuben ocupar um lugar numa bancada do anfiteatro nº 41, a 300 metros da saída do túnel B, situado antes dos depósitos onde se empilhavam os enormes mísseis. Estar vivo; desfrutar da relativa felicidade de executar um trabalho limpo e sutil como sempre fizera em sua antiga oficina; dormir sem ter que acomodar o corpo aos ossos do vizinho; poder descansar mais pesadamente sem ter que redobrar os cuidados para não ter as botas e os agasalhos roubados durante a noite; tomar a sopa ainda quente, pelo privilégio de compor a primeira turma a ser servida; trabalhar no Kommando Kontrol Scherer, o controle final, mais próximo da saída do túnel, já que sua tarefa era de acabamento; ser vigiado por um *kapo* alemão subordinado aos SS e por encarregados de setor, os *Vorarbeitens*, com triângulos vermelhos em suas roupas, geralmente dissidentes políticos mais escolarizados e de melhor índole que os de triângulo verde, os criminosos comuns alemães; ser, de vez em quando, agraciado pelos bons serviços com alguns cigarros que poderiam ser trocados por mais uma cuia de sopa; enfim, sentia-se um felizardo. Não havia dúvida. Ter sido designado para servir naquele campo de concentração só poderia ser coisa do golem. Pensava o mesmo em relação a Ilana. Tinha certeza de que ela conseguiria sobreviver, uma vez que o repositório do seu lendário totem estava abraçado diariamente ao seu corpo.

Desgraça maior, para não dizer total, sofriam os milhares de detentos que se repartiam pelos diversos *kommandos*[53] de transporte, de soldagem, de instalação elétrica, reunidos em turmas de cem a duzentos integrantes, enfiados na escuridão fétida dos confins dos túneis, sempre repletos da poeira calcária produzida pelas constantes detonações que abriam novos espaços para as ampliações da cadeia produtiva. Essa desumana condição de trabalho era a mais indigna condenação a uma morte certa. Diariamente, os mais fracos sucumbiam. Se antes seus corpos faziam uma viagem mais longa para a cremação em outros campos, agora Dora via inaugurar, com orgulho, um crematório só seu. Os companheiros de campo poderiam, assim, render sua última homenagem ao reverenciar a fuligem das chaminés. Havia muitos que, absolutamente conformados com a morte, ainda possuíam a capacidade de usar o espírito sublime do humor para picardias mórbidas e grotescas. Diziam, assim, que aquele era um momento de afortunada opor-

---

53 Unidade básica de organização do trabalho dentro do campo de concentração.

tunidade, por poderem presenciar a existência material da alma... subindo aos céus!

Esse quadro de trabalho era muito melhor que aquele assistido pelos internos até a primavera de 1944. Até então, os dormitórios eram dentro dos túneis e os detentos só saíam uma vez por semana para ver a luz do sol, ou diariamente para a eternidade dos crematórios. Albert Speer, Chefe de Produção dos Armamentos na Alemanha, em visita ao campo em dezembro de 1943, havia determinado a construção dos dormitórios fora dos túneis visando a economia da força de trabalho, perdida em grau muito exagerado pelas mortes precoces. O capital não admitia perdas inúteis que quebrassem o ótimo da produtividade. Enfim, o irônico pendor humanitário jogava forte a favor dos interesses patronais. Afinal, vida também era capital!

O repetitivo e a cada dia mais cansativo trabalho era difícil de suportar. O peso do esforço físico e a rendição do que ainda sobrava de autoidentificação eram proporcionais ao abatimento provocado pelas constantes diarreias, pelos inchaços nos membros, pelos delírios febris, pelo tremor das mãos inseguras, pela dificuldade crescente em se locomover, quando não pelos distúrbios renais, pelas infecções oportunistas e pela tuberculose. A enfermaria era o portal do forno. Dificilmente se voltava dela para o trabalho. Isso fazia com que muitos representassem o duplo e conflitante papel do personagem que tinha uma indisfarçável vontade de viver a contracenar com a angústia e a tristeza do conformado. Era sempre bom esconder o sofrimento. Aliás, era sempre bom esconder-se. Passar despercebido. Nessa peleja, ser mais jovem era de extrema importância. A morte parecia fazer parte da rigorosa lógica da produção. Sempre escolhia substituir os mais fracos e os mais velhos. Não era essa uma lei por demais natural na rudeza do mundo primitivo? Não havia os que explicavam a evolução das espécies pela incorporação de tais determinações às suas teorias? Nada a objetar, portanto!

    Reuben cada vez mais não se conformava com as doze horas passadas diante das pesadas bancadas metálicas. Como o seu turno de trabalho era sempre o do dia, ele deixou de ver a luz do sol por um longo tempo. Quando entrava no túnel, ainda era noite. Quando saía, já era noite. Tinha que esperar o verão para se reacostumar à luz do dia. Sem relógio, não demorou muito para se perder num tempo sem dimensão objetiva. Abstraía a sensação do tempo pelo concreto das sensações do corpo. O ciclo do cansaço, da dor, da fome, da sede, do sono, da necessidade de evacuação, eram os referenciais mais sólidos de uma navegação às cegas pela vida. Diariamente, após o término da tarefa, o período de tempo passado na praça de inspeção para a checagem das presenças era muitas vezes sorvido pelo olhar distante, posto na lua ou nas estrelas, quando o estado da atmosfera não barrava a visão do céu. Era um refúgio que realimentava a ilusão de um possível indulto. Ficava a imaginar o perfil da colina próxima, a figura das árvores circundantes, a cor das folhas e flores. E os pássaros? Esses sempre formavam bandos generosos em barulhentas algazarras! Chegava, às vezes, a sentir sensações olfativas semelhantes àquelas exaladas por Shoshana quando do encontro de seus corpos nas abrasadoras noites de uma juventude tão próxima quanto distante. O sexo! Um prazer anulado, esquecido, sublimado, morto! Impossível reproduzir-se em cativeiro. Às vezes, esse procedimento de controle das presenças durava horas. Era uma sábia programação para a aceitação tácita e ávida da gamela de sopa que vinha a seguir. Eficaz estratégia gastronômica!

    Tudo no campo era rigorosamente calculado. Nada era desperdiçado. O número de alojamentos era exatamente a metade do número de internos. O turno de 12 horas determinava o *check-in* e o *check-out*. Os únicos habitantes permanentes eram as sempre temidas pulgas e piolhos, transmissores do tifo. Caçados pelos hospedeiros, roubavam preciosas horas de sono. *"Eine Laus, dein Tod"*[54] advertiam os cartazes. A parcimônia de alimentos, roupas, abrigos, material de higiene pessoal, banhos, cuidados médicos, tempo livre, funcionava mais como um caldo para o desenvolvimento de antagonismos egoístas do que provocador de qualquer espírito de solidariedade. Os vermelhos politizados, os verdes criminosos comuns, os imigrantes apátridas azuis, os ciganos castanhos, os rosas homossexuais, os roxos catalogados como minorias religiosas e mesmo os tidos como "antissociais" que portavam o triângulo negro se embaralhavam por cores e línguas díspares a levantar barreiras intransponíveis de comunicação. A simples posse de uma escova de dentes ou de um par de galochas era defendida como tesouro. Todos desconfiavam de todos. A língua era a única via de interidentificação e a música cantada a forma encontrada para uma comunicação mais coletiva. E ainda havia os que cantavam! Aliás, a solidão sempre foi estimulante para o desabrochar das artes.

    Num certo dia daquele inverno de 1944, cujo rigoroso frio fragilizava ainda mais o papel de cada um naquela colossal máquina industrial, uma sirene fez soar sua estridente voz por todo o túnel. Logo depois, por um *kapo* alemão que falava russo e checo, veio o aviso até a bancada de acabamento das V2 que o campo estava recebendo visitas ilustres que viriam inspecionar a linha de montagem das bombas foguetes. Não demorou muito para adentrar o hall, onde Reuben trabalhava, uma caravana composta por diversas altas patentes do exército, acompanhadas por alguns civis vestidos

---

[54] "Um piolho, sua morte."

por grossos capotes de lã escura. Dentre eles destacava-se um jovem, alto, rosto redondo encimado por uma basta cabeleira muito bem penteada, separada por uma bem visível risca próxima à parte central da cabeça, gravata clara, portando nas mãos alguns rolos de papel que, abertos sobre a ampla mesa metálica, mostravam aos presentes o projeto de um novo foguete, o A9, com mais de 80 metros de comprimento, cujo alcance seria capaz de atravessar o Atlântico. No programa, a recolonização da América. As naus alemãs não singrariam os mares, como fizeram as portuguesas, espanholas, francesas, inglesas e holandesas há 300-400 anos. Pelo ar, evitariam as calmarias de Éolo e as procelas de Netuno! Reuben e mais alguns detentos foram encarregados de desmontar parte de uma V2 para que fosse feita uma comparação entre ela e aquela do projeto. Pela segurança da exposição, sem dúvida, Reuben se viu diante de Wernher von Braun. A seu lado, também reverenciado pelos comandantes do campo, estava o Major-General Walter Dornberger, o homem que apostou alto nos projetos dos foguetes de combustível líquido que tanta devastação já causava à Inglaterra.

 Reuben e os demais colegas de bancada foram astutos ao escolher o exemplar que seria desmontado. Sabiam todos que muitos deles apresentavam defeitos visíveis de soldagem, por exemplo. Eram as sabotagens que pipocavam aqui ou acolá durante o processo de acoplamento das peças que chegavam de fora. Temendo que isso pudesse se transformar em um grande fracasso bélico, as inspeções dos *kapos* alemães eram extremamente rigorosas e qualquer sinal que caracterizasse prejuízo na qualidade de qualquer peça, sabiam todos, era certeza de sumário enforcamento. Qualquer ato pessoal que implicasse em prejuízo do produto gerava uma cumplicidade transferida a todos que estivessem à frente da linha de montagem. Assim, caberia também a cada um se responsabilizar pela atitude de rebeldia dos outros. A forca era a demissão sumária do trabalho! Era uma certeza também para os que buscavam a fuga do campo, esperança vã de solução para suas angústias. Todas as sessões de estrangulamento eram presenciadas por uma plateia de internos especialmente convocada para assistir às execuções. Mecanismo eficiente de intimidação pelo cultivo do pavor! Na última, nada menos que cinquenta soviéticos e poloneses tiveram seus corpos expostos por dias em diversos lugares do campo. Inclusive nas entradas e saídas dos túneis. Faziam parte de uma organização de resistência e sabotagem.

À medida que o tempo corria em direção ao final do ano, as notícias sobre o andamento da guerra, trazidas pelas mais diferentes fontes de escuta clandestina, começavam a semear, em todos, especulações sobre o que viria num futuro imediato. As informações obtidas pelo padre francês que trabalhava na intendência do campo eram mais seguras. As frentes internas de batalha recuavam em sangrentas operações defensivas. A contraofensiva do oeste não rendia avanços significativos. Desde o final de 1943, Estados Unidos, Inglaterra e União Soviética já haviam decidido o que fazer com o butim hitlerista. Parecia não haver outro final senão a derrocada do Reich. "O que farão conosco?", indagava Reuben. "Seríamos massacrados?" A "solução final" seria agora adotada pelos "libertadores"? Por fim, a quem interessava naquela hora a certeira matança? Obviamente a determinado poder, a determinado grupo de interesses. Mas onde eles estariam naquela altura? Todos, onde quer que estivessem, estariam absolutamente longe de qualquer vontade ou atitude dos internos, simples mariscos! Os mais otimistas alimentavam a esperança de serem abandonados por uma covarde fuga do comando alemão. Outros contra-argumentavam, afirmando que o comando seria implacável com os internos, testemunhas de uma experiência fracassada.

Nos últimos dias, barulhos lembrando aviões passaram a ser comuns aos ouvidos de todos. Ao mesmo tempo, Reuben constatava uma sensível melhoria no tratamento dado a todos. A ração diária via aumentada a sua quantidade. Além do nabo, outros tubérculos enriqueciam a tradicional e rala sopa diária em carboidratos e proteínas. Passou a haver uma maior camaradagem dos superiores. Diminuíam sensivelmente as entradas de novas pessoas no campo. A alta mortalidade já não era mais um coeficiente seguro da equação de equilíbrio da população trabalhadora. A morte passou a ser novamente antieconômica. Já não havia mais um grande exército de reserva à espera do lado de fora. E a produção tinha que seguir assegurada. As armas secretas produzidas ali eram um dos mais importantes pilares da vitória, talvez, até, o último bastião do sonho imperialista alemão. E por que não dizer que ali também estava uma das razões da vitória inimiga! Afinal, a guerra, como sempre, era uma grande emuladora das conquistas técnicas e científicas. Em meio às riquezas do vencido, estavam bens de inestimável valor: cérebros humanos, capacitados a desenvolver seus segredos e aplicar suas capacidades em benefício de outros patrões. Havia uma guerra dentro da guerra visando a conquistas particulares. Os amigos também eram inimigos entre si. Capitalismo versus socialismo. Quem vai chegar primeiro? Importante agora era avançar o máximo possível a linha de encontro das duas frentes. *Não há guerra limpa, se é que há vida limpa! Uma prova cabal de que não há contribuição do pensamento humano que não seja ou não possa ser apropriada pela esfera do poder. Há sempre uma ideologia a sustentar uma ciência. Há sempre uma ética a qualificar as ações humanas. Ideologia, caráter, interesses. Todos temos.*

 A antevisão de que a libertação poderia estar próxima era neutralizada pela expectativa de que o fim da vida também o estivesse.

Reuben não se deixava abater, aliás, como fizera até ali. Não havia perdido a noção de futuro. Só nele era possível reencontrar o que havia perdido. Voltar a encontrar a filha que sabia viva, como ele. Seu golem não haveria de falhar. E a única maneira de provar que estava certo seria investir na vida, independentemente dos horrores enfrentados. Olhava para os pés e os via enfiados em um tamanco envolvido por retalhos de cobertores, amarrados até com arames. Para o corpo, sua magreza e a roupa que a cobria o faziam lembrar os circos pobres de sua infância. O rosto nem de longe seria mais capaz de reproduzir uma degenerescência sadia. A velhice antecipada o desfigurara. Sobravam-lhe a esperança, este sólido sentimento da concretude do amanhã, e as mãos que nunca haviam deixado de produzir coisas delicadas, uma imperiosidade dos outros dois tempos. O ontem, que lhe garantira o processo, e o hoje, que lhe garantia a estrutura.

Um dia de folga? Uma oferenda humanitária? Não! Uma parada técnica. Essa foi a explicação para aquele longo dia sabático. Os do turno da noite não dormiram durante o dia. Os do dia não deixaram seus dormitórios. Na verdade, aquele ato de benemerência era produto dos bombardeios mais intensos que chegavam à Alemanha e já interrompiam o abastecimento das peças que serviam às montagens que se faziam ali. A guerra chegara a Dora sem uma bomba sequer. Dora estava protegida pela trincheira da ávida cobiça de sua riqueza interior. Quanto valia o que ali era produzido? Só o tempo diria.

Reuben pôde, afinal, aquecer-se ao tênue sol daquele inverno exterior. Sentar num barranco gramado e encontrar-se com outros checos que ali viviam e voltar a se expressar como se suas vísceras falassem. *Só a língua materna é capaz de falar pelo coração!* Ao lembrar com seus compatriotas coisas comuns, sentiu-se confortado pela empatia produzida pelo sentimento do pertencimento, valor defensivo tão enraizado em sua cultura. Não era a religião, a etnia, a língua, os costumes. Era uma coisa maior. Era compartilhar uma história de séculos. Shoshana voltou-lhe inteira quando viu diante de si aquelas árvores sem folhas. Vestiu-as de verde e fez a única mulher, que amara sem bridas, florescer multiplicada em centenas de rosas fulvas. Viajou de volta para casa, desta vez com ela e Benyamin, para se encontrar com Ilana. Sabia que em realidade nunca mais isso poderia acontecer. *Mas o que é a realidade? Se eu sou capaz de simulá-la em mim, a fantasia também faz parte dela. E a minha, só eu posso realizar. A minha Shoshana, meu Benyamin, minha Avigail, meu Yonathan, só morrerão... comigo!*

Os tempos correram diferentes após esse dia de parada técnica. O campo parecia tomado por uma alteração dos ânimos. Os SS entravam e saiam dos túneis parecendo procurar por alguma coisa que não seriam capazes de encontrar. Falavam alto entre si, não medindo palavras que, para os que entendiam alemão, indicavam um clima de desconforto, de apreensão, de desconcerto. De fora, vinham notícias de um certo alvoroço nas unidades de administração e comando. Também diziam que cada vez mais se faziam ouvir sons que lembravam descargas de morteiros ao longe. Em alguns subcampos vizinhos a Dora, os bombardeios americanos não escolhiam suas vítimas. Era a morte provocada pelo fogo amigo. Seguiram-se alguns dias de intensa movimentação na ferrovia que vinha ter ao campo. Certas unidades de trabalho, ligadas aos campos satélites pareciam que começavam a ser evacuadas. Agora já não era mais nada secreto. Os trens, cada vez mais cheios de prisioneiros, partiam diariamente para Ravensbrück, onde havia um campo que concentrava mulheres, ao norte de Berlim. Outros, em menor número, buscavam a direção de Bergen-Belsen, onde, diziam, a morte certa esperava os carregamentos humanos, já que lá grassava uma incontrolável epidemia de tifo. Os turnos de trabalho nos túneis começavam a ser afetados pela inconstância dos abastecimentos em peças. Ao mesmo tempo, a cada dia que passava, era menor o número dos que compareciam ao trabalho, o que causava um rápido desarranjo na produção. Esta se desorganizava de forma cabal com o desaparecimento dos mestres e a diminuição drástica dos guardas fardados. Já não se faziam mais as intermináveis sessões de controle de presença, pela chamada na praça central do campo cercado por arame farpado.

Chegou a nossa vez, pensaram muitos! O campo já não apresentava naquele dia o mesmo clima marcado pelo extremo rigor dos ritos e dos horários. O alto comando parecia não mais estar presente. A debandada generalizada havia entregado a administração do lugar aos subordinados. Não houve tempo para olhar para trás, mas parecia que não haveria tempo suficiente para que os trens dessem conta de cumprir o programa de deliberada evacuação. Muitos pelotões de concentrados marchavam para fora a pé. Muitos ficariam. O que seria melhor? Embarcar para destinos incógnitos ainda aprisionados em vagões superlotados, em cansativas caminhadas, ou ficar num certo abandono absolutamente sem condições de fugir. Como? Para onde?

Aqueles vagões repletos de desumanizados vagaram por alguns dias, parando ora aqui, ora acolá, para que as pessoas fossem abastecidas de água e o trem, de carvão. As aldeias por onde o comboio passava pareciam cidades fantasmas. À noite, uma luz aqui e outra ali ainda diziam haver vida do lado de fora. As terras mais movimentadas do Harz haviam desaparecido do cenário em que corria agora a composição. Havia sinais incontestes de que não tinham para onde ir. Enfim, uma cidade importante: Magdeburgo. Mais à frente, nas paradas seguintes, ouviam-se tiros e explosões cada vez mais perto.

Sem dúvida, estava-se em meio ao campo de batalha. Todos famintos, doentes, moribundos. Foi em meio às terras de amplos horizontes proporcionados por imensas extensões de colinas quase planas, onde o trem alcançava velocidades maiores que anteriormente, que um grupo de um dos vagões decidiu empreender uma fuga assim que a noite descesse. E assim foi. Os SS não tinham mais condições de controlar a disciplina. Teriam ainda munição e disposição para impedir qualquer ação de rebeldia? Contavam apenas com a colaboração do estado de lassidão a que todos estavam submetidos.

Numa longa curva que acompanhava de perto um meandro de um sonolento curso d'água, a diminuição da velocidade da cansada locomotiva que conduzia uma dezena de vagões encheu Reuben de coragem. Atirou-se para fora por um vão tão estreito que mal coube seu corpo. O voo curto entre o vagão e a macega espinhenta em que caiu, já machucado, teve um sabor de emancipadora alforria. Voltou momentaneamente a se sentir escravo de si mesmo, como costumava dizer em casa quando se rebelava contra a ordem das coisas da vida comum que levava na sua cidade dourada. Vagou por quase um dia por entre os charcos, o mato e a mata. Não encontrou nenhum dos companheiros de fuga. Teriam eles também se atirado para um chão desconhecido? Enfim, uma modesta casa camponesa. Sua roupa e seu estado dispensavam explicações. Recebeu de uma boa senhora e de seu neto ainda criança a melhor água e o melhor salame que existiam no mundo. O alemão deles lhe era perfeitamente compreensível. Teve que fazer um grande esforço para não se exceder na comida. Muitos morreriam pela traição da fome compensada. A sorte o havia escolhido. Não demorou para que soldados da 82ª Divisão Aerotransportada dos Estados Unidos, que haviam acabado de ocupar o campo de Wöbbelin, o ajudassem a ganhar o caminho de casa. Era para esse campo de prisioneiros, ao ar livre, que seu trem deveria ter ido. Com roupa nova e alimentado, foi entregue, depois de 20 dias, a um comando soviético que se encarregou de levá-lo de volta à sua terra, à sua rua, à sua casa, restituindo-lhe o seu complemento espacial, sua identidade territorial. Ninguém é sem seu chão!

Um mês havia corrido desde aquele salto para a liberdade. Dos que haviam passado por Dora, Reuben era um dos 60 mil prisioneiros que ainda viviam. Cerca de 20 mil teriam morrido lá. Outros tantos, alhures. Quantos mortos valiam um foguete? Mesmo antes de explodir? Morrer para matar! Disso, americanos e soviéticos não se importaram em saber. Dora e outros campos lhes forneceriam as joias da coroa: os foguetes e os cientistas. Mal terminada a guerra, ambos os lados colocaram em operação o resgate do *know--how* de guerra alemão. O almoxarifado de Dora foi esvaziado de seus foguetes. A maior parte foi para os Estados Unidos, França e Inglaterra. A "Operação Paperclip"[55] se encarregou de levar para os Estados Unidos mais de mil cientistas nazistas, inclusive toda a equipe de von Braun, liberados da pecha de criminosos de guerra. Nesse particular, os soviéticos chegaram tarde. Ficaram com a segunda linha. Toda a corrida armamentista e espacial que seria gestada no interior da Guerra Fria, nos 50 anos seguintes, teria como tiro de partida as pistolas de Hitler. Guerra, para que te quero!

O problema de quem, como Reuben, queria viver e não matar era outro. Sua questão era: estaria minha antiga casa ainda à minha espera? Até aquele momento, pelo menos, o golem parecia haver sido fiel à sua lenda!

---

55 Nome da operação realizada pelo Serviço Secreto americano responsável pelo expatriamento direto para os Estados Unidos de quase mil cientistas alemães, após o fim da Segunda Guerra Mundial, muitos ainda fiéis partidários do nazismo.

III
Depois de Terezín

11
Deus, a moral e a tragédia: criações humanas

Reuben, assim que desceu do trem na estação de Hlavni e pôs os pés na rua, sentiu-se um tanto perdido. Uma estranha sensação de vazio varreu-lhe a cabeça, como se aquilo que estava vivendo já tivesse acontecido antes, sabe-se lá quando. Mas, ao mesmo tempo, não parecia ter sido ali. A impressão é que havia um buraco separando as coisas. Passado e presente não se conectavam. Sua cidade não era mais aquela. Uma insegurança intimidadora tomou conta de sua razão. Animou-se a prosseguir. Para onde? Já fazia calor e o sol, batendo nas paredes dos edifícios, indicava, com clareza, que os modelos internos e externos da paisagem se coadunavam. Era, sim, a sua cidade. Seguiu pela curta e estreita Rua Jerusalém. Na calçada oposta, parou diante do grande frontão mourisco da maior sinagoga da cidade e lembrou a infância. Com ela recuperada, ganhou as portas a um rápido acesso para o presente.

A cidade pareceu-lhe inteira. A guerra não havia passado por ela. Seria possível, então, voltar no tempo? Nem sempre a paisagem refletia a história. Era necessário ir buscá-la nas entranhas do invisível. Aparência e essência. Duas janelas paralelas com vistas para uma mesma realidade. Não seria possível reconhecê-la sem os dois ângulos de visão. À luz do dia ou à escuridão da noite. Shoshana, Avigail, Yonathan, Benyamin não estavam mais ali. Ganhou certeza disso. E Ilana? Estaria? Sem se deixar tomar pela angústia da dúvida, seguiu mais resoluto na direção do velho Josefov. Queria, antes de tudo, agradecer ao golem, lá na Sinagoga Staranová, a Velha-Nova, onde, no sótão, diziam morar a lendária figura criada pelo rabino Löw. Pela Rua Cervená, ganhou o interior da mais velha sinagoga da Europa e, diante da arca que guardava os rolos da Torá, reverenciou aquele rabino olhando para sua cadeira, à direita do lugar mais sagrado daquele templo. A fé, embotada pela razão, explodiu momentaneamente como um magma incandescente, pronto a se cristalizar novamente. Pensou em ir até o cemitério. Não resistiu, porém, a uma força que o imantava na direção de casa. Foi até a Praça da Cidade Velha e parou diante do Orloj. Ali estava ele, funcionando em sua dimensão absoluta, indiferente aos acontecimentos. Mas aquele não era o registro da única dimensão contida no tempo. Sua própria concepção já adiantava, segura, que seu texto admitia diferentes leituras. Seu complicado mecanismo, entretanto, não era capaz de aprisionar todas as marcações do tempo da vida. E cada um tinha o seu tempo. Só seu!

Tomou o rumo do rio e, pela margem direita, contra a corrente do Vltava, seguiu indeciso em direção à casa. Teria sentido pensar assim? Casa? Que casa? Casa é onde a gente está. E Reuben não estava agora em lugar nenhum, o que lhe dava um sentimento de abandono que nem em Terezín nem em Dora chegara a conhecer. Ainda há pouco, na velha praça, digladiava-se com o tempo. Agora era o lugar que o transtornava. Pôs-se a lutar com o espaço. Se o tempo era a dimensão das flores e frutos, o lugar era a da raiz, da fonte da vida, da concretude e da estabilidade. Mesmo a mais descomprometida aventura exigia um palco, um cenário e suas bambolinas. E ali estava ele, novamente na busca de seu referencial. O grande Teatro Nacional lhe trazia de volta sua identidade checa e certo apelo a um necessário renascimento. Uma pitada de orgulho voltou a lhe dar o sentido de fazer parte daquele domínio preconizado pela lendária princesa Libuse.[56] Tornou à esquerda na Liberia e, logo, à direita na Náplaní. Lá estava, sob os arcos, a porta fechada de seu antigo ateliê. Os bombardeios americanos do mês de fevereiro não o haviam desfigurado. Atravessou o rio pela Jiráskuvi. Tomando a margem esquerda, virou na Lidická. A um quarteirão, se viu diante do prédio renascentista de onde a guerra o havia sacado com todos os seus. Quem teria estado lá nesses últimos anos? Quem estaria lá agora? Entrou pela grande porta que o levaria ao pátio interno para onde davam os corredores e algumas janelas dos apartamentos. O sol projetava em parte do chão a sombra do gradil de ferro da balaustrada. Subiu devagar a escada de pedra, em espiral, até o segundo andar. A porta estava lá a marcar ainda o nº 27. Olhou para o chão onde os ladrilhos hidráulicos lhe eram mais que familiares. No silêncio de cada um, ainda via as pesadas marcas de suas antigas passadas. Tomou de leve a aldraba circular que tantas vezes havia chamado sua mãe e sua esposa. O receio de uma quase certa frustração o fez trêmulo. Algo muito forte em seu interior ordenou que batesse com determinação. Imediatamente, um poderoso e amedrontador latido respondeu ao seu chamado. Estava errado ao bater na porta certa?! A casa nunca havia sido habitada por um cão! A porta se abriu. Do lado de fora, Reuben. Do lado de dentro... Ilana! Entre os dois, um indescritível *intermezzo* servindo de preparação para o ato final de uma longa tragédia.

---

56 Libuse: figura do imaginário checo, da dinastia Premíslida; preconizou, no século VIII, a fundação da cidade de Praga. É uma espécie de musa do povo checo.

Lágrimas e sorrisos purgaram o terror, o ódio, a submissão, a piedade, a inclinação para a vingança, o vazio das ausências, numa confraternização que não parou de durar. Ilana não cansou de falar do papel que Antonin representara para ela quando os músicos do campo começaram a ser despachados para Auschwitz como peças sem mais serventia. Antes do exército soviético chegar, o campo havia sido esvaziado por comboios e mais comboios com destino aos campos poloneses. Restaram pouco mais que 17 mil sobreviventes, dentre os quais apenas cem crianças. A libertação chegou tarde para os tomados pela febre tifoide, que não puderam deixar o campo. Morreram em liberdade!

Além da orfandade, da consciência de que havia sido fiel aos seus princípios e da camaradagem do destino, Ilana só havia trazido para casa seu contrabaixo e a companhia de dois amigos: Antonin e Timoshenko, o cão pastor, seu fiel companheiro de campo, que ganhou nome russo, em homenagem ao General Semyon Konstantinovich, herói da resistência Soviética. Reuben acrescentou a esses pertences a certeza da interferência de seu místico golem.

Antonin, apesar da conduta dúbia, por ter servido a dois senhores naquele período cinzento, ganhou o direito de coabitação e passou a ter com Ilana uma convivência movida, de um lado, pelo seu amor e, de outro, pela gratidão e soberania da altivez feminina. Não se casaram formalmente. A união entre duas pessoas tem outras razões motivadoras para sua concretização do que os rituais da legitimação civil ou da sacralização religiosa. Viveriam felizes. Viveriam? O fato é que a vida se estabilizou numa sucessão de quadros cuja velocidade dava um ritmo aceitável aos protagonistas, figurantes e espectadores.

Foram anos difíceis os imediatos. A reestruturação da República, já preconizada pelos acordos feitos no exílio pelas lideranças políticas, voltou a dar ao país sua integridade territorial do *avant--guerre*. A Rutênia Carpática, antiga terra de latifundiários húngaros, seria integrada à vizinha Ucrânia. Minorias húngaras e eslovacas foram trocadas. Até 1948, a chamada Terceira República foi governada pela Frente Nacional, uma coalizão entre os partidos liberais e comunista, cujas lideranças encontravam-se no exílio. Assim que a velha capital da Boêmia voltou a sediar o novo governo, os colaboradores da ocupação alemã foram julgados, condenados e executados. A guerra ainda demoraria para terminar. A vitória e a derrota sempre exigiriam acertos de contas. A vingança é um sentimento que apazigua o orgulho ferido. É o avesso do perdão. Muitas vezes, ela se converte em justiça e veste o manto sagrado da legitimidade. A corda, a lâmina, o gás, a eletricidade, o veneno, o projétil, os cravos, a grade, o exílio, a difamação... Heróis viram vilões e, nem sempre, vice-versa. A histórica população alemã, toda ela taxada de Quinta Coluna, foi expulsa dos Sudetos sob a acusação de culpa coletiva, embora muitos de seus habitantes fossem antinazistas. Suas terras foram distribuídas a camponeses checos e suas indústrias nacionalizadas. O desterro dessa massa de milhões de pessoas se contrapõe, pela concentração, ao desarraigamento assistido pelos judeus nos diferentes países da Europa Ocidental durante a guerra. Traição e vingança. Indispensáveis ingredientes que fecundam o romance da vida real.

As eleições gerais de 1946 deram ao Parlamento um perfil marcadamente favorável aos comunistas. O exército soviético havia liberado a maior parte do país e a população não havia esquecido o que França e Inglaterra já tinham feito em 1938, em Munique. Demorou até 1948, entretanto, para que o país se configurasse política e economicamente como um Estado de linhagem socialista. A República do Povo foi proclamada em fevereiro, e, em setembro, o

KSC, o Partido Comunista da Checoslováquia, assumiu com Klement Gottwald a direção dos negócios oficiais.

Reuben, nesses três anos, batalhou para reaver sua antiga profissão. Ferido pela viuvez, pela fragilização da saúde, pelo peso da impotência diante da força dos inimigos, não via sobrar muito espaço para uma reação sem ressentimentos. Os campos de concentração lhe impuseram esperanças como armas para a sobrevida. A libertação estava lhe impondo a desesperança como atalho para a morte. Antes, tinha a vida como objetivo. Agora, a vida não conseguia objetivar-se. Tudo carecia de sentido. Faltava por que lutar. Por quem lutar! A família, destroçada, se resumia a Ilana, esta também marcada por uma introspecção patológica. A profissão, como recuperá-la se lhe faltavam os instrumentos e os espaços de operação? O propósito? Uma vida a ser ainda construída para um amanhã sem sentido. Chegava a ter saudades da guerra, dos campos. Há que se ter testemunhas para o sofrimento. O sofrer clandestino é o maior dos abandonos. E o abandono não é da natureza do social. É o contrário da solidariedade. Esta, sim, essencial para a vida em grupo. Ninguém vive bem sem o outro! "Onde estão os meus?", costumava se perguntar no silêncio de seu íntimo. Não era mais judeu. Não era mais esposo. Não era mais artesão nem um pai presente. Politicamente, era um cético. Esfacelava-se. A nova *experiência* de organização do país parecia fundar-se num modelo artificial, fechado, acabado, imposto, imperial. Aliás, como o anterior. Sem a participação mediadora da sociedade nacional. Sem o sangue alimentador de um devir sonhado pela maioria. Não apostava na fraude alopata para a cura da doença da injustiça social. Não há explosão vulcânica sem atividade subterrânea. A revolução só é autêntica quando há uma história revolucionária a condicioná-la. Caso contrário, será conduzida como operação centralizada nas mãos de poucos, como planta industrial pautada pelos pressupostos de uma poderosa administração das rentabilidades. Estará fadada ao fracasso. É criar um monstro com feições de Lenin e corpo de Lorde Keynes. A ditadura de poucos e a criação de um Estado forte, competitivo, protecionista para o usufruto de poucos. A burguesia travestida de burocracia. "Não sobreviveria fora do laboratório", pensava. "Como posso colaborar se não me dão oportunidade? Meu modo de produzir não tem mais lugar no universo de uma economia planejada."

Gottwald, Novotny, Zapotocky repetiam no país a concepção de Stalin do marxismo-leninismo. A supressão sumária das oposições, o expurgo dos partidos e a conversão do Partido Comunista como único representante da vontade popular não deixavam espaço para qualquer dissidência, nem mesmo interna, à orientação do núcleo de poder. A estatização dos meios e dos instrumentos de produção atingiu em cheio a capacidade de qualquer sucesso na recuperação do ateliê de Reuben. Bem que ele tentou. Toda a acumulação secular de um tipo de saber fazer estava soterrada pela modernidade buscada pelos planos e metas. O modelo soviético trazia a evidência de que o progresso material não encontraria outro meio para a transformação do velho em novo. Nunca o mundo assistiria a um avanço tecnológico tão grandioso. Numa tarde de um abril que antecipava um verão bastante seco e quente, Reuben, diante das estantes vazias de suas antigas peças de metais e pedras herdadas de Yonathan, de sua mesa desnudada pelas ferramentas ausentes, de uma janela cujo feixe de luz não tinha mais o que iluminar, deitou sua cabeça sobre as duas mãos sobrepostas e deixou de viver num estado de absoluto vazio interior. Com certeza, havia chegado à conclusão de que seu golem não tinha mais razão para continuar a ampará-lo. Stalin e Gottwald haviam morrido um mês antes. A morte, o melhor símbolo da imparcialidade!

Como um axioma, Antonin, assim que terminada a guerra, passou a ser um membro entusiasta do Partido. Logo se converteu ao comunismo, como uma lagarta em borboleta. Os assexuados não morrem. Metamorfoseiam-se. Logo conseguiu fazer parte do corpo de técnicos do Departamento de Línguas estrangeiras da universidade local, no cargo de chefe dos tradutores. Ilana preferiu docilmente aceitar um lugar de professora na cidade de Pilsen. Menos de uma hora de trem de sua casa. Optou por uma vida acadêmica ligada à formação de músicos. Sua experiência em Terezín deixou marcas indeléveis em sua alma. Tirou-lhe o dourado que tinha. Toda vez que voltava a abraçar o contrabaixo para tocar, vinham-lhe as imagens grotescas dos becos do campo repletos de cadáveres a desmanchar-se em ossos. Todos os dias, cerca de 130 pessoas deixavam a vida, por fome ou doença. Havia muita coisa a lhe dizer que aquele maravilhoso instrumento deveria voltar em definitivo ao quarto do avô. Depois dessa decisão, Timoshenko não se sentiu mais confortável naquele apartamento. Ela passou a ser obrigada a levá-lo como única companhia para seu trabalho. Ainda bem que o trem admitia que os cães acompanhassem seus donos. As ausências prolongadas de Antonin em Pilsen ajudavam-na a suportar sua anódina convivência com ele. Sentia que faltava nele aquele necessário respeito às suas posições. A admiração pelo outro muda a categoria do amor. Esse nobre sentimento também tem o seu componente ético. Recusou a filiação ao Partido. Era uma comunista convicta!

O apartamento tornara-se grande demais para tão pouca gente. Muito poucas vezes seus três inquilinos estavam juntos. Antonin fazia tudo para que Ilana tivesse uma vida menos triste, menos contemplativa. Sabia que não a teria de volta como a conhecera. Aquele brilho que lhe parecia natural e aquela disposição para o questionamento, para a dúvida, para a fantasia, para a alegria, para o humor, para a sátira, para a ironia, que, apesar de tudo, Terezín não havia sido capaz de destruir, pareciam estar agora definitivamente soterrados pela pessimista antevisão que ela tinha do futuro imediato. O socialismo real não lhe instigava a disposição para a luta. Sentia-se traída!

A violenta reação do governo Ulbricht às reivindicações trabalhistas, julgadas "contrarrevolucionárias" na República Democrática Alemã, em 1953, que trouxe ao país os tanques soviéticos e uma repressão armada que causou mais de uma centena de mortos; a denúncia dos crimes de Stalin feita por Kruchev no 20º Congresso do Partido em Moscou; a celeuma criada com a construção do muro em Berlim; a repressão aos movimentos de 1961, antistalinistas, liberalizantes e autogestionários da Hungria e da Polônia, que também contaram com a intervenção das tropas do Pacto de Varsóvia; o alinhamento da moeda checa ao rublo e sua decorrente desvalorização e debilitação conjuntural das atividades econômicas; a nova Constituição centralista de 1960, que ampliou o controle do Estado sobre os cidadãos, pondo fim ao anseio generalizado de liberalização; a reação da ala esquerda do Partido às reformas política e econômica propostas por Lenart, Svoboda e Dubcek, que aboliram a censura à imprensa, permitiram a livre circulação das pessoas e propugnavam pela articulação da produção coletivizada com maiores liberdades individuais; a intervenção das tropas do Pacto em agosto de 1968, solicitada pela ala mais ortodoxa do Partido visando obstaculizar o movimento antiautoritário da chamada Primavera de Praga, provocadora de dezenas de mortos e centenas de feridos na Capital; a supressão das reformas e a reimplantação de um núcleo duro no poder; a proibição dos livros de Milan Kundera e seu posterior exílio na França; a imolação pública de Jan Palach como protesto pela supressão das reformas foram acontecimentos que levaram Ilana a uma reflexão menos apaixonada sobre a crise vivida pelo socialismo nos países que gravitavam na órbita de Moscou.

De natureza não revolucionária, o socialismo, nos países do Leste Europeu, implantou-se como alternativa política que atendia a uma orientação monolítica soviética e a uma expectativa generalizada de construção de uma sociedade na qual a participação popular garantisse rumos novos para as soluções das questões ligadas ao conforto material e à justiça social – qualidades que o sistema centrado no lucro não havia sido, até então, capaz de proporcionar a uma grande massa de pessoas, dado o seu caráter de classe. Ilana sentia que havia certa incompatibilidade entre essas duas posições que preconizavam superar uma história já ensaiada. Uma oficial, ortodoxa, dogmática, e outra popular, que se ensejava livre para a busca de caminhos para as reformas que superariam os problemas criados pelo capitalismo. Desde cedo percebeu a mão forte do Estado na direção da sufocação das esperanças pela força monocrática do Partido. Era visível, para ela, a incongruência na aplicação de uma só fórmula diretiva em unidades históricas com realidades distintas. Uma coisa era a implantação do socialismo em uma Rússia imperial, e outra era lidar, 30 anos depois, com comunidades nacionais que já haviam atingido graus de desenvolvimento econômico e social onde a incorporação das conquistas do progresso material e de certos valores, como a liberdade de locomoção, de pensamento, de expressão, de criação, produzidos no interior dos Estados ditos liberais, não poderiam sofrer retrocessos. Não respeitar essas conquistas seria uma regressão a conspirar contra qualquer esperança de sucesso. A fruição de uma série de prerrogativas individuais e coletivas, alcançadas por uma ininterrupta sucessão de lutas pessoais e institucionais antes da Segunda

Guerra, passou a integrar a tábua de fundamentos éticos da vida de seus homens, a ponto de essas vantagens serem consideradas direitos de inspiração natural e difusos. Esse conceito jurídico de filiação democrática, medrado no interior do processo civilizatório ocidental, apriorístico, abstrato e ideal, seria posto como conquista concreta individual e coletiva na medida em que os movimentos sociais progressistas os transformassem em paradigmas políticos dos novos ordenamentos positivos das sociedades comprometidas com a utopia igualitária. Aliás, seria um erro tático das lideranças não os respeitar. Com o seu alinhamento, sem liberdade de ação, essas unidades nacionais também não puderam fugir aos modelos que contrariavam o valor das suas histórias. Os fundamentos teóricos do marxismo-leninismo, que pregavam a obediência às realidades materiais na montagem das estratégias das práticas políticas, estavam sendo cegamente ignorados pelos seus cultores.

Depois de um século, a história havia dado outras configurações reais às sociedades capitalistas, ao mesmo tempo que ensejara novas interpretações aos pressupostos dos pensamentos voltados à sua superação, em obediência exatamente ao império do mundo real que, agora, exigia a rediscussão daquilo que parecia ser um ranço mecanicista contido no doutrinário original. Era necessário voltar a dar ao marxismo seu caráter essencialmente dinâmico, reinterpretando-o continuamente. Fugir da vulgata retrógrada presa a um economicismo petrificado. Avançar para não perecer. A criação de fricções entre o núcleo de poder e a sociedade dita civil era mais que natural. A superação das crises pela força não deveria ter sido a única saída. A troca do nazifascismo pelo stalinismo não estava mudando muito a direção do barco em que o país navegava.

Ilana acomodou-se à tristeza e à sua incapacidade de dar razão às coisas que não aquelas que a derrotavam. Deixou de ter dúvidas.

Cristalizou-se numa visão diáfana e inconsistente do mundo objetivo. Perdeu-se no avesso de uma ilusão sem volta. Mecanizou-se no trabalho. Fossilizou-se nos sentimentos. A história passara-lhe por cima. A tragédia lhe parecia a única beleza. Agarrava-se à obra de Wilde. Não estava mais conseguindo sobreviver sem Timoshenko – que também partira precocemente, apesar de ter desfrutado de uma vida longa. Os cães são muito sábios. Morrem mais cedo para não se sentirem órfãos de seus donos.

Durante seus últimos 20 anos de vida, Ilana, desterrada em sua decepção diante do que assistia, acompanhava, como distante espectadora, a melancólica trajetória do socialismo real na direção de sua derrocada como experiência concreta. A volta do estado repressivo, comandado por testas de ferro que controlam um inflexível Partido Comunista, distante das realidades de um mundo em expressivas transformações, levou o país a impasses econômicos e sociais potenciados pela falta total de autonomia política. A Carta de 77, subscrita por intelectuais que reivindicam a discussão aberta de reformas políticas e a reação punitiva do Estado que destinou muitos ao exílio, expôs as entranhas de um socialismo sem liberdade. O vaivém das dificuldades geradas pelas crises de energia e dos mercados cativos do interior do Comecon impôs dificuldades à sua economia, uma das mais industrializadas do leste europeu. O sistema energético voltou a apelar para suas reservas de linhito, fonte pobre em calorias e rica em enxofre poluidor. Os países capitalistas se afiguraram como um mercado melhor em lucratividade que os parceiros do bloco e forçaram uma abertura para oeste aos seus Skodas, suas máquinas-ferramentas, seus armamentos e... suas cervejas. As vitórias de seu futebol e hóquei, principalmente, e suas expressões no atletismo, como Emil Zatopek, foram sempre instigadoras de ondas de uma exaltação nacionalista – estas de caráter revanchista quando voltadas contra os adversários julgados opressores. À sua frente, límpida como os cristais de sua Boêmia, estava a estampa triste de seu país, território de uma experiência pseudossocialista, modelado como se fora um capitalismo de Estado, projeção de interesses de burocratas civis e militares, a repetir o modelo similar que, ajustados aos corpos coirmãos do Leste, apontava para um futuro curto à matriarca soviética, projetava uma guinada neoimperialista à gigante rebelde chinesa, relegava a uma triste e pobre orfandade a ilha de Cuba, que havia sido emblemática, valente e orgulhosa um dia.

Com sua alma cada vez mais afastada de um Antonin camaleônico, que conseguia sempre estar articulado com o conveniente, independentemente do lado em que o pêndulo do poder estivesse, Ilana, cansada dessa falsidade transigente e aborrecida pela castração de seus sonhos, ingressou numa fase tomada por pensamentos recorrentes, povoados de sons que vinham ora das salas de aula de sua escola, ora do claustro em Terezín; de imagens do pai Reuben e de sua oficina, presas no interior de redomas absolutamente translúcidas; do odor do kishke[57] fresco com páprica que sua mãe Shoshana adorava fazer; da sensação tátil da pele enrugada do avô Yonathan em seu leito de morte e da avó Avigail na sua magreza no campo; da rigidez dos músculos de Benyamin quando com ele lutava quando criança; de seus discursos aos colegas, instigadores de crenças no homem e de presságios otimistas de uma história ideal. Libertou-se na sublimação, a um só tempo covarde e heroica, de uma ausência progressiva e sem volta. Morreu assistindo repetir-se, em terras do tradicional Levante de seus ancestrais, conflitos que lembravam a marcha dos canhões do Reich na consolidação dos

---

57 Linguiça de carne, farinha, gordura animal e especiarias.

espaços vitais da qual ela e sua família haviam sido presas indefesas. Partiu com a convicção de que a história é o que se põe pela frente, já que se comporta como uma insensível vendilhona, interesseira e oportunista, descompromissada com as pré-condições que lhe deram suas feições de hoje. Que em sua cadeia alimentar simplesmente repete a da natureza bruta: os mais fortes comem os mais fracos. Morreu sem ver a queda e as construções de novos muros, sem assistir ao esfacelamento do socialismo real, sem entender a Revolução de Veludo. Antonin prestou-lhe as últimas homenagens levando-a a fazer companhia ao pai e ao avô embaixo da mesma lápide onde ela, nos últimos anos, vinha depositando uma pedra quando de suas visitas ao cemitério de Žižkov. Ficou sozinho naquele "casarão". A lhe fazer companhia, além da pesada voz de um superego que permanentemente lhe pedia que purgasse as mazelas, estava aquele antigo e gigantesco instrumento provocando lembranças da falsa vitória que havia sido sua vida com Ilana. A única vitória que não lhe havia proporcionado recompensas. Havia salvo sua vida, mas não reconquistara de todo seu coração. Para se livrar do incômodo dos pesadelos que a visão do instrumento lhe causava, cobriu-o com o velho e espesso tecido sobre o qual assentava a antiga mesa da sala e o colocou de volta ao lugar de onde nunca deveria ter saído, o quarto do velho Yonathan. Ledo engano. As derrotas da vida dificilmente ficam bem escondidas embaixo do tapete!

A queda da pedra checa do dominó socialista europeu marcou o fim de um sonho de uma longa noite mal dormida para os países do Leste europeu. A história havia sido feita às avessas àquela da prédica marxista. Desta vez, a farsa havia antecedido a tragédia. Antonin, já quase octogenário, acomodou-se aos proventos de uma aposentadoria compulsória. Não havia mais espaço para seus mimetismos. Com a posse daquele apartamento que lhe servira de abrigo por tantos anos, ele agora, na solidão da velhice, esboçava ainda uma saída fecunda para os dias incertos de uma economia em busca de adaptação aos ditames de uma outra armadilha chamada mercado. A desregulamentação no universo da produção, a liberalização das relações entre os agentes econômicos, a perda do referencial fixo de um câmbio, agora flutuante, aliada à inflação que desarranjava os preços do trabalho e das demais mercadorias, agiram rápido sobre o valor do dinheiro. A politicamente tranquila transição para a órbita da economia capitalista, a partir do início da década de 1990 e seu caminhar na direção da integração a uma Europa supranacionalizada abriam-se em horizontes de expectativas desconcertantes.

Todos estavam à cata de complementações financeiras imediatas. Antonin, sempre atento às oportunidades, instalou em seu apartamento uma agência particular de traduções. Ao mesmo tempo, abriu suas dependências ao acolhimento de uma freguesia de ávidos turistas que invadiam a cidade em busca da prodigalidade de seus encantos e de sua história, recalcados que estavam por dezenas de anos em que as fronteiras estiveram fechadas aos interesses do mundo. Sem contar com uma infraestrutura capaz de atender de imediato um número de visitantes potenciado pelos preços baixos dos bens e serviços, grande parte dos domicílios se transformou em pensões baratas a oferecer abrigo aos consumidores dessa nova e fecundante indústria turística.

A capital da nova República Checa, separada esta por um divórcio também de veludo da então independente Eslováquia, aparece no cenário turístico mundial como um dos mais formidáveis centros de atração cultural ou de lazer e renasce esplendorosa no coração de uma Europa, agora investindo na ampliação de uma unificação multinacional voltada para uma mais segura participação em um mundo despolarizado com o final da Guerra Fria. O capitalismo entra definitivamente numa nova etapa em que as identidades econômicas nacionais se despersonalizam com a queda das barreiras protecionistas, com a agressividade da fluidez financeira e das comunicações que redefinem os interesses, as velocidades, as permeabilidades, redesenhando os mercados num movimento mundializador. A questão ideológica passa a exigir novas visões e envolve novos poderes. Seus contrários logo se expressam numa nova teia de polarizações que aguçam as rivalidades étnico-nacionais e religiosas, até então sufocadas, cujas dimensões vão do nível local ao nacional, assim como no favorecimento ao surgimento de novos focos de progresso material fora dos antigos eixos de dominação, e tendem a dar ao império do capital uma nova estruturação, uma nova arquitetura e um novo estilo de praticar o seu poder reprodutor.

Logo aparecem fregueses. Geralmente jovens em busca de aventuras mais baratas. O grande turismo ainda aguarda uma infraestrutura mais sofisticada. Antonin recruta para seu trabalho nada mais que uma camareira e alguns jovens agentes diaristas, ávidos pelas comissões, que se põem junto às estações de trem para angariar fregueses com a apresentação de álbuns fotográficos das instalações domiciliares, de sua localização e de seus preços convidativos. Um bom negócio para os tempos de incertezas. Entram dólares para ocupar a capacidade ociosa de muitos apartamentos da antiga pequena burguesia do pré-guerra. Seu equipamento? Bastam alguns novos lençóis e um pouco de água quente no chuveiro. Mochileiros e a grande massa de turistas pouco exigentes se conformarão com o resto.

12
Alma de ouro

Orientado pela chefia da principal Estação de trem da cidade, bateu à porta de Antonin, numa tarde de 1993, um jovem brasileiro, bolsista da Academia de Música de sua Orquestra Filarmônica em Berlim, para lhe solicitar seus favores no sentido de livrá-lo de alguns problemas surgidos com o roubo de que tinha sido vítima quando voltava de trem para a Alemanha. Esse constrangedor episódio havia acontecido depois de ter se apresentado com a Orquestra da Rádio da Capital alemã, da qual fazia parte como estudante contrabaixista, numa série de concertos programados para algumas salas da cidade, integrantes de um programa de intercâmbio entre o governo dos dois países. Seu interesse em conhecer melhor a cidade o levou, findos os concertos, a optar por voltar sozinho a Berlim, depois de alguns dias reservados às visitas a locais históricos da cidade. Dessa opção, resultaram os contratempos acontecidos no trem durante sua viagem de volta. Quando o trem em que viajava parou na fronteira com a Alemanha para que os passageiros se identificassem, foi surpreendido pela percepção da ausência de seu instrumento, de seus documentos, de sua reserva em dinheiro e de sua bagagem de roupas. Sem passaporte, não pôde ingressar no país. As autoridades policiais e alfandegárias alemãs o alertaram para os cuidados que deveria ter tido, pois a liberalização em curso no país vizinho propiciava a multiplicação de ocorrências como aquela por grupos de pessoas que nem sempre eram checas ou eslovacas. As migrações, muitas vezes clandestinas, já eram uma realidade a indicar um rearranjo da força de trabalho a um novo mercado supranacional em estruturação. A República Checa servia de trânsito para passageiros de outros países, o que exigia um cuidado maior na prevenção dos furtos. Era comum, inclusive, o uso de gases entorpecentes para levar a vítima a não se dar conta de seus perpetradores. O fato é que ficou sem nada de seu. Foi aconselhado a voltar à capital, procurar a Embaixada ou o Consulado de seu país e providenciar a expedição de novos documentos que o habilitassem a regressar à sua casa em Berlim.

Sem outro caminho, deu meia-volta e se fez novamente presente em seu ponto de partida, onde estava agora a negociar com Antonin sobre a possibilidade de ter aqueles problemas resolvidos. Amável como sempre fora, até por conta de sua permanente dissimulação, Antonin de pronto se sensibilizou com o jovem estudante, tendo inclusive seu interesse alimentado pelo fato de estar diante de alguém que encarnava um habitante do distante país do futuro preconizado pelo texto que recentemente havia lido, de autoria de Stefan Zweig. A língua portuguesa não era lá uma sua especialidade, mas conseguiria verter para o checo ou alemão, sem muito problema, qualquer documento que viesse a ser produzido pela Embaixada do Brasil na cidade. Entendeu a necessidade de prestar o tríplice auxílio solicitado pelo jovem, em troca de um futuro ressarcimento em espécie: abrigo, comida e tradução. Acomodou o hóspede no antigo quarto ocupado por Yonathan. Sem dúvida, coisas do golem!

O visitante passou boa parte da noite sem dormir. Lá fora, um insinuante vento apitava forte por entre as tábuas da veneziana. A cidade já esperava as primeiras neves de um inverno precoce a prenunciar um final de ano de intenso frio. Sentado na cama, sem o abrigo de roupas adequadas, buscou proteção sob as comedidas cobertas de uma delgada lã. Um estado de tristeza era alimentado por pensamentos pouco animadores. A remoer na cabeça estava, cada vez mais, o problema criado com a privação de seu instrumento de trabalho e estudo. Aquele instrumento que tanto lhe custara obter no Brasil, que tanto o acompanhara no longo período de instrução com seu bom mestre e amigo húngaro da sinfônica municipal de sua cidade. Aquele que suportara, obediente e colaborador, a mudança da técnica de produção de seus sons, do arco francês para o arco alemão, mais adequado às aspirações de um aperfeiçoamento no exterior, único parceiro a lhe fazer companhia nos primeiros meses do apartado familiar e do distanciamento dos amigos. Aquele que havia sido personalizado com um carinhoso nome de mulher por seu antigo dono agora estaria em mãos desconhecidas. Quem sabe conseguiria recomprá-lo no mercado aberto dos sem escrúpulos? Afinal, ele havia sido furtado para render dividendos ao ladrão. Mas com que dinheiro? Sua bolsa mal lhe supria o sustento básico. Não era hora de se martirizar com aquilo tudo. Afinal, havia situações mais próximas e urgentes a serem superadas, dentre elas o pagamento ao serviço e à hospitalidade de Antonin, cujo preço sequer sabia ainda. Estava prestes a contrair uma dívida internacional, o que não lhe parecia enaltecer o negócio.

Em meio a essas cobranças do espírito, no lusco-fusco produzido pela luz insuficiente da pequena lâmpada que pendia do teto, ele tem sua atenção voltada para dois objetos presos à parede, num dos cantos do quarto. Pareceram-lhe familiares. E o eram! Simplesmente dois arcos de contrabaixo do melhor pau-brasil, insuperável madeira já extinta das matas atlânticas de seu país. De quem seriam aquelas raridades? E onde estaria o tecido por onde aquelas agulhas alinhavariam e costurariam os sons presos nas partituras de tantos que conhecia? Deixou cair ao chão aquela espécie de manto real que lhe cobria o corpo e apalpou com cuidado o que estava por detrás daquele puído tapete. O que perdera no trem estava ali bem à sua frente, robusto e majestoso, renovado numa forma que indicava uma ascendência de certa nobreza artística. Que perfil, que cor, que acabamento! Sentiu que havia naquele canto, escondida, uma força embotada rogando por liberdade. Marginalizada, sufocada, presa naquele amplo bojo de madeira. Mas não estava morta! Que valor teria aquilo? Onde o contrabaixo se encontrava, nem valor de troca, nem de uso. Mal sabia ele que no mundo existem outros valores além daqueles vulgarizados pela economia política. Os cientistas costumam desprezar os valores da subjetividade, como se eles conspirassem contra a verdade. Que verdade? Voltou a reproduzir, com todo cuidado, o estado em que se encontrava escondida aquela joia rara e voltou para a cama para não dormir até que tardiamente o dia voltasse a responder presente.

Logo pela manhã, o jovem músico se pôs a campo para obter a documentação necessária para provar quem ele era às autoridades brasileiras na cidade a fim de obter um novo passaporte que permitisse sua volta à Alemanha. Teve que aguardar por alguns dias a confirmação de sua matrícula na Hochschule der Künste,[58] onde cumpria o segundo ano do curso de música, assim como a de que era bolsista da Academia da Orquestra Filarmônica de Berlim. Foram dias de expectativas. Dias em que a convivência forçada com

---

[58] Escola Superior de Artes.

Antonin gerou uma segurança maior no trato das circunstâncias comuns ao ramerrão das pessoas. Com isso, inteirou-se um pouco do passado da casa, das pessoas que nela habitaram, de suas trajetórias, de suas tragédias, de suas histórias, enfim. A música e o contrabaixo, evidentemente, foram protagonistas importantes da trama da vida de todos aqueles. Antonin, atento e sensível à análise das oportunidades, logo percebeu o encanto do visitante pelo instrumento. O que seria feito dele dentro de no máximo alguns anos? Os contrabaixos são opostos aos cães. Morrem muito depois de seus tutores, de seus criadores, de seus amores. Se ele deixasse a casa pelas mãos sensíveis de um músico seria como dar nova vida a Ilana e – por que não? – a Yonathan. Tinha à sua frente uma oportunidade de reproduzir um ato criativo. Guardou a remoer a ideia de se livrar daquela malfadada lembrança.

Com base nos relatos de Antonin, o estudante brasileiro ficou sensivelmente interessado em visitar o museu da cidade alusivo ao campo de concentração de Terezín, onde Ilana havia cumprido especial papel na garantia do ânimo de muitos pela expressão artística de seu instrumento. Sentiu certa identidade de propósitos entre suas vidas. Afinal, a música também era para ele uma manifestação viva da busca pela liberdade, pela transcendência, pela imponderabilidade a que toda arte está, de certa forma, atrelada. Buscou, numa manhã de seu ócio forçado, o cemitério judeu, onde estava a sinagoga Pinkas, recentemente restaurada, e onde, no primeiro andar, montavam a exposição dos mais de 4 mil desenhos feitos por parte das 10 mil crianças que passaram por aquele campo, resgatados após o término da guerra, guardados que estavam em latas e caixas. Também eram preparadas as paredes onde seriam escritos à mão o nome dos 80 mil judeus da Boêmia e Morávia, vitimados em Terezín durante o conflito.

Recebidos os documentos, Antonin providenciou as devidas traduções juramentadas do português para o checo e o alemão a fim de que fossem gerados documentos oficiais hábeis a serem arrimos para a reconquista da identidade perdida pelo músico e estudante. A sessão de tradução foi uma verdadeira oportunidade para uma troca fértil de impressões entre os dois, propiciando uma diminuição maior das barreiras que sempre o desconhecimento recíproco provoca.

— Tabajara Lemos Martín! Ora, seu nome não indica uma origem muito clara, não?

— Sim! Meus bisavós paternos eram espanhóis e italianos. Os maternos, todos já brasileiros, porém, de um lado, seguramente, cristãos novos e, de outro, uma linhagem cabocla, indígena, com um certo "pé na cozinha", como se diz lá para quem tem uma percentagem de sangue negro, em alusão aos que eram filhos dos senhores de escravos com as cozinheiras negras da "casa grande". Como vê, meu nome nada tem a ver com meu genótipo. Sou um verdadeiro brasileiro. Minha família me chama carinhosamente de Tabá, mas fora de casa sou o Martín. O Brasil é um país de população compósita, graças a intensas correntes de imigrantes africanos, europeus e asiáticos de variadas origens, ocorridas em diferentes períodos de sua formação como nação. E mais, diferentemente dos Estados Unidos, por exemplo, há uma grande miscigenação entre brancos, negros e índios a ponto de ser ele, hoje, o único país do mundo a produzir um novo tipo étnico, extirpado de suas raízes originárias. Os checos são poucos por lá. Mas os temos concentrados em algumas localidades do Sul. Curiosamente, um dos presidentes da república do Brasil era bisneto de um imigrante checo, carpinteiro da cidade boêmia de Trebon, de nome Jan Nepomuk Kubícek, apelidado em Diamantina de "João Alemão".

Fez lembrar a Antonin as idiossincrasias europeias ligadas ao sentimento de pertencimento grupal e o sentido dado à cidadania em alguns países pelo *jus sanguinis*[59] e não pelo *jus soli*[60] como no Brasil. Seria possível entender a história sem levar em conta o peso desse caráter? Antonin, imediatamente, se lembrou de Ilana.

— Nascido em 1967, 26 anos. Aqui, em nosso país, nesse ano se ensaiava uma diminuição da dependência política em relação a Moscou, abortada em 1968 pela solicitação interna da presença dos canhões do Pacto.

— É! Lá, no meu, os anos já eram de chumbo, com o golpe dado pelos militares em favor de uma ditadura de extrema direita que trouxe ao país o terror e a morte de muitos. Foi abrigo e partícipe da famigerada Operação Condor, movimento continental, de inspiração imperialista contrarrevolucionária, que asfixiou sonhos libertários ainda hoje latentes. O fascismo periférico não tem muito que prestar contas à civilização. São facilmente esquecidos, perdoados. Mas os regimes de força são sempre parecidos quando a serviço do interesse de apenas alguns. Aqui e lá. A mesma história produzida um tanto às avessas, como as escritas. Umas da esquerda para a direita. Outras da direita para a esquerda.

— São Paulo... Dizem que é uma cidade grande, não?

— E como! Temos nela mais habitantes que vocês aqui em todo o país. Sua transformação em centro nacional dos negócios a fez, nos últimos 50 anos, súdita de um crescimento em que a especulação ignorou a história e gerou uma modernidade controlada pelos oportunismos dos lucros fáceis. É, de um lado, ela é uma nova rica.

---

59 Princípio jurídico pelo qual a nacionalidade é adquirida de acordo com a ascendência. É o direito de sangue.
60 Princípio jurídico pelo qual a nacionalidade é adquirida de acordo com o local de nascimento. É o direito de solo.

Bem maquiada, hedonista, descomprometida, amoral, insensível, de pés sujos. De outro, um curral de escravos carregando as pedras das pirâmides. No meio, fugitivos dos de baixo associando-se com os aspirantes aos de cima. Uma massa informe. Sonhadora e oportunista.

Finda a tradução, os demais passos até que não foram lentos. A presteza consular rapidamente habilitou Martín a se encontrar novamente com sua cidadania. O adido consular arranjou-lhe alguns trocados em nome da tão decantada solidariedade nacional. Afinal, era um conterrâneo em apuros e a causa era meritória. Não daria, seguramente, para zerar a conta com Antonin, mas já era um bom começo.

De posse dos documentos, de umas coroas no bolso, de um certo alívio na alma e de um esboço de sorriso nos lábios, caminhou lépido da Rua Panská, no coração da Cidade Velha até o calçadão da Na Příkopě onde fica a estação Müstek do metrô. Aí pegaria o trem da linha da estação Andel, lá na esquina da Lidická, a 50 metros do apartamento de Antonin. Não! Decidiu ir a pé. Talvez fosse o último passeio pela cidade. Essa decisão quase matou Antonin, pois quando Martín chegou ao apartamento encontrou-o no chão desfalecido, molhado por uma intensa sudorese. Imediatamente, providenciou sua remoção para o hospital recomendado pela ambulância chamada. Foi mais que providencial aquela decisão. A vida do senhorio estava salva pelo cruzamento de tempos e circunstâncias. Havia sofrido um mal súbito associado a uma deformação cardíaca recentemente constatada que estava lhe provocando sucessivas e impertinentes crises de arritmia. Poderia ter morrido se não atendido com a presteza exigida naqueles casos. Passou por exames, foi medicado e repousou por algumas horas. Recuperado, foi levado de volta à casa por Martín, com a reiteração médica de que deveria implantar, com urgência, um marca-passo para superar as já frequentes bradicardias. Esse episódio retardou a volta do estudante para a capital da Alemanha – agora um só país desde a reunificação de outubro do ano anterior.

Acertado com Antonin como faria para saldar o restante de sua dívida, Martín só fez por agradecer a calorosa acolhida e a camaradagem saída de uma alma que não sabia carecer de redenção. A ideia da morte próxima mais do que nunca havia tomado conta de Antonin. O fato da partida de Martín o levara a um absoluto estado de insegurança, sentimento totalmente estranho em sua vida. Não tinha como pedir que ficasse, mas pressentiu, com a convicção dos crentes, de que tinha diante de si a nau que poderia levar Ilana à ressurreição. A figura da eternidade lhe clareou os sentidos. Aquela era a hora. Faltava-lhe um ato que enobrecesse sua vida e concretizasse sua passagem do podre ao nobre. Do barro ao ouro. Antes de estender a mão a Martín para seus agradecimentos e despedidas, foi até o quarto de Yonathan trazendo de volta os dois arcos e o pesado instrumento sem brilho, carregado da poeira depositada pelo abandono.

— É seu! Não o recuse – disse, no tom amargo de um soluço. – Faça dele o que seus antigos donos acreditaram ter feito por um longo tempo. Produzir e difundir o que está acima das coisas dos medíocres, que está além do mundano da objetividade, muito longe das conquistas da interesseira tecnologia, presente no homem desde a antiguidade das cavernas como expressão da possibilidade da transcendência do racional: a arte. Ininteligível na essência, nunca plenamente legível na aparência.

Martín, por uns instantes, ficou sem saber se poderia haver resposta possível. Não acordaria tão cedo do torpor em que aquela história o havia metido. Os pratos da balança da vida não conseguiam se equilibrar entre a desgraça de ontem e a graça de hoje. A vida, como as moedas. Na estação, teve que desembolsar uma segunda passagem para seu instrumento. Era um dia de surpresas. Não foi fácil acomodar o instrumento junto ao assento do vagão. Teve que redobrar os cuidados, pois o contrabaixo era de bom tamanho e estava vulnerável pela falta de uma capa protetora. Não pregou os olhos. Desta vez defenderia sua cria até as últimas consequências. Quando passou pela fronteira e ingressou em terras alemãs na direção de Dresden, sentiu-se recompensado de toda a trapalhada em que se metera. Voltava para Berlim em nova companhia. E que companhia! Esplendorosamente bela!

Assim que chegou a Berlim, pegou o metrô na estação do Zoo e foi imediatamente para casa. Desceu na Gneisenaustrasse, no belo bairro de Kreuzberg, e foi direto até a Heimstrasse, onde ficava seu apartamento. Quatro andares, sem elevador. Ufa! Abriu a cortina da janela que dava para a rua, deixou entrar toda luz que ainda podia permear o céu cinzento daquela tarde, apoiou o contrabaixo numa cadeira de espaldar alto e ficou a olhar para aquilo que era, antes de tudo, uma obra de arte. Em seguida, passou um pano levemente umedecido por todo o instrumento e, logo após, uma flanela seca que fez realçar na madeira todo o brilho de um radiante verniz. As cordas estavam um tanto soltas, mas intactas. Ajustou-as ao cavalete de riga clara e seguiu, com as mãos, até as cravelhas, estas trabalhadas em um metal fosco que denotava ser prata velha, para afiná-las. Que som sairia daquela urna por tempos emudecida? Conseguiria ele se expressar à altura da expectativa sugerida pela beleza das formas de seu continente? Antes de buscar tocá-las com o arco para o ajuste definitivo, dedilhou com leveza em *pizzicato*[61]

---

61 Maneira de tocar as cordas de um instrumento pinçando-as com os dedos.

junto ao ouvido e deixou cada som fluir sem se misturar a outros. Mais que depressa tomou o arco e buscou a afinação definitiva. Estava realmente diante de uma peça rara. Era urgente fazê-la soar! E o fez, com os olhos fechados. Deixou que o contrabaixo falasse pela primeira vez em suas mãos através de sua língua de origem. O que escolher? Vieram-lhe à memória Antonín Dvořák, Gustav Mahler, Leoš Janáček, Vítězslav Novák, Zdeněk Fibich, mas acabou optando por um dos seis poemas sinfônicos do *Má Vlast*, o *Vltava*, daquele que mais de perto cantou a alma checa: Bedřich Smetana.

Quando terminou, ficou a se perguntar de onde ele havia conseguido extrair sons tão delicados como contundentes? A sonoridade daquele instrumento parecia ser uma extensão da alma do compositor, pois transmitiu durante o solitário solo a estranha sensação de ter posto para fora toda a força criativa contida na composição. Voltou a olhá-lo. Desta vez intrigado com a noção de beleza transmitida por suas linhas, pelo equilíbrio do casamento entre o corpo, o braço e a voluta, entre o amplo volume e suas linhas harmoniosas. Precisava de uma confirmação da origem daquele instrumento. Era preciso levá-lo até os entendidos.

Antes disso, era preciso obter os recursos para enviar a Antonin a parcela da dívida que tinha para com ele. Dívida, aliás, que jamais seria possível pagar, muito embora ele tenha ouvido, ao receber o contrabaixo como presente, que não queria vê-lo misturado a qualquer significado de gratidão e compensação pela ajuda à prorrogação de sua vida. Queria que ele fosse integralmente um símbolo sucessório. Como um reconhecimento hereditário. Mais uma razão para não adiar a remessa. Obtido o recurso, que, aliás, não era muito face ao valor da moeda checa em relação à moeda alemã, escreveu uma longa carta de consideração e agradecimento a Antonin e a enviou com o recheio de algumas cédulas de marcos.

Em seguida, era urgente tirar o peso da curiosidade sobre o valor artístico do dote que lhe caíra nas mãos, como uma das tantas surpresas que a vida sempre teve como reserva. Desta vez, não saberia qualificar esse inesperado. Às vezes, parecia mais fácil entender as emboscadas e traições do que os atos de generosidade e tolerância. A vida era um permanente correr atrás do esperado, mas, na maioria das vezes, governada pelo seu avesso injusto. Os primeiros que analisaram o contrabaixo foram os professores da Academia da Filarmônica, onde estava o seu orientador, o *spalla*[62] desse naipe na orquestra. Grande conhecedor da história instrumental da musica erudita, principalmente da sua especialidade, fez uma apreciação não muito animadora quanto ao valor de sua origem. Não deveria ser um instrumento de um famoso *luthier* nem pertencer à família das raridades italianas, mas, com a segurança dos entendidos, afirmou que poucas vezes havia encontrado uma caixa com aquela sonoridade. Aquele contrabaixo não era excelente pela sua filiação a este ou aquele artífice, mas, sim, pelo conjunto circunstancial favorável, desempenhado por desenho, madeira, verniz e um grande toque de engenharia artística. Não era uma peça de grande marca. Era uma peça de excelente artesanato, sem dúvida, feita inteiramente à mão, um espécime único. Assim, como as grandes peças, não seria igual a nenhuma outra. Como não havia nenhuma etiqueta ou marca identificadora, era difícil dizer ser ele alemão, francês, italiano ou austríaco, apesar de sua concepção exterior lembrar muito os instrumentos checos da segunda metade do século XIX, que pontificaram na Boêmia. O maior elogio que o

---

62 Nome genericamente aplicado ao primeiro músico de um naipe de orquestra. É aquele que dá sustentação aos demais. O *spalla* dos violinos também dá sustentação ao maestro.

instrumento recebeu do professor foi o de que ele gostaria de ter, entre os dez que possuía, um igual àquele. Sua sonoridade superava a de todos os outros.

Diferentemente, os professores da Hochschule, a Escola Superior de Artes, após tê-lo posto à prova de performance, tanto com o arco francês, geralmente mais suave na pegada, quanto com o arco alemão, de pegada mais forte, mais agressiva, todos, unanimemente afirmaram ter em suas mãos um contrabaixo de filiação artisticamente nobre. As divergências, entretanto, não atingiram o espaço da sonoridade. Aqui, todos, absolutamente todos, foram concordes. O som produzido por ele tinha um quê de miraculoso! Os proprietários da grande loja de instrumentos da capital, ao mesmo tempo fortes negociantes do ramo de antiguidades, só souberam dizer tratar-se de uma peça antiga, bem-feita, singular. Não souberam opinar sobre sua origem.

A longa inatividade do instrumento, sua idade, os percalços por que havia passado no cárcere, num longo período de cuidados sonegados, aliados à mudança de ambiente, onde, muitas vezes, alterações mínimas de temperatura e umidade agridem a capacidade de resistência das madeiras, haviam feito aparecer algumas rachaduras no tampo arqueado traseiro e um leve descascar e perda de brilho junto ao sinuoso orifício direito do tampo. Havia, ao mesmo tempo, alguns ajustes que se mostravam necessários na máquina das cravelhas, onde as tarraxas apresentavam um leve jogo e um acerto no mecanismo de tensão das crinas do arco alemão. Seria uma ótima oportunidade de obter uma avaliação por parte de um artesão *luthier*.

Soube da existência de um velho e renomado fabricante de instrumentos de corda na vizinha cidade de Potsdam que mantinha, no mesmo lugar, o antigo ateliê de sua tradicional família de artesãos: Hans-Sachs-Strasse, em seu trecho sem saída, junto ao

Parque Sanssouci, antigo palácio de verão de Frederico, o Grande. Preservado dos bombardeios da Segunda Guerra, esse espaço manteve a conformação urbana de seu entorno imediato e, com isso, a integridade da casa oficina dos tradicionais Schutz. O conserto pretendido poderia ficar acima de suas possibilidades de custeio, mas pelo menos seu contrabaixo receberia uma abalizada palavra, indicativa, ao menos, de sua filiação. Acondicionou-o, com cuidado, dentro da grossa capa que agora o protegia e seguiu, de trem, na curta viagem até Potsdam. Da estação de Charlottenhof, foi a pé por uns 700 metros até a luteria. Percebeu mais intensamente o peso que aquela história toda estava a exigir que carregasse.

O senhor Thomas já o esperava. O que ele não esperava era a surpresa que estava sendo levada para sua consideração. Ficou, de imediato, maravilhado com o que via. Atentamente examinou o instrumento nas suas características exteriores e, por elas, não conseguiu chegar a uma definição sobre sua origem. Procurou alguma pista que lhe desse uma orientação para sustentar uma opinião. Nada visível. O tampo era de boa conífera, quem sabe dos Alpes italianos do Trentino, um *Picea excelsa*. O fundo e as laterais realçavam a estrutura bem desenhada de um *Acero marezzato*[63], com seu instigante ondulado. O espelho, sem dúvida, era de ébano africano. Sobressaía luminoso por sobre o tom mais claro do maciço bordo de que era feito o braço. Achou pela forma e pelas madeiras que poderia bem ser um Klotz. Não! Um Klotz, não. Talvez um Ceruti, de Cremona. Pelo desenho da voluta, pelo perfil da cintura, pela delicadeza dos cantos das costelas, quem sabe, um Ferdinando Gagliano, de Nápoles. Não, também não! Pois todos esses têm o fundo plano, o que não se casava com o exemplar em suas mãos.

---

63 Ácer (bordo) estriado, marmorizado.

Ou nada disso! Somente uma cópia bem-feita por mãos habilidosas. Esta última sensação se desfez quando ouviu o seu som. Era realmente uma raridade, se não uma misteriosa obra de arte!

— Bem, já que temos que fazer as correções do fundo e reforçar certas costuras que apresentam sinais evidentes de descolamento, proponho desmontá-lo, sem custos adicionais, para fazer uma verificação de seu interior e emitir um parecer mais seguro sobre seu valor. Gostaria, porém, de fazer essa operação em sua presença, pois o desmonte de um instrumento como esse pode oferecer dificuldades e proporcionar surpresas desagradáveis. É uma operação delicada e a responsabilidade não é pequena.

Preferiu marcar um dia especial para realizá-la.

Afinal, eis o contrabaixo do velho artesão Yonathan sobre a bancada de outro velho artesão. Em jogo, um mistério sob as vistas curiosas de Martín. Devagar, com o cuidado de quem desarmava bombas, as delicadas ferramentas, algumas quase centenárias, foram dando às mãos daquele competente Schutz o direito-dever de penetrar no mundo interior do instrumento e retirar de lá, sem causar danos, sua possível identidade. Alguma referência sob a forma de um emblema, um topônimo qualquer nesta ou naquela língua, um nome ou sobrenome próprio, uma data, uma imagem, enfim, o lado obscuro de onde saía aquela sonoridade extraordinária haveria de revelar o que estava sendo buscado. Não foi preciso muito tempo para que a habilidade segura obtida no trato daquelas finas madeiras, por um longo tempo acumulada em várias gerações, viesse a soltar o tampo traseiro, justamente o que apresentava as maiores rachaduras. Schutz chegou a comentar que desconfiava que a resina adesiva que consolidava a soldadura do fundo às faces laterais estava ali há bem menos tempo que a idade do instrumento. Ele, sem dúvida, já havia sido alvo de uma intervenção desse tipo. Já havia sofrido uma restauração interior, quem sabe a troca dos trastes que dão firmeza às paredes curvas que unem o tampo frontal ao fundo, ou um outro reforço qualquer. Talvez até algo que lhe desse uma capacidade acústica ampliada para transformá-lo em um instrumento mais adequado às atividades de um solista.

Foram minutos extremamente longos os que antecederam a esperada invasão daquela privacidade. Assim que o tampo foi levantado, a alma do contrabaixo se desprendeu de seu encaixe provocando, na queda, um incisivo e pesado som. Estarrecidos, ambos não acreditaram no que viam. Contrariando toda uma longa trajetória de aprimoramento na engenharia e arte de construção dos instrumentos acústicos de madeira, a alma daquele contrabaixo era metálica, de diâmetro superior a todos que se conheciam, reluzente, da cor afogueada dos cabelos ruivo-alourados. A alma era de ouro! De ouro maciço! Não era de maderia essa importante peça, que vai colocada no interior do instrumento, entre o tampo e o fundo, exatamente na altura do pé do cavalete, onde corre a corda mais fina e que serve à importante missão de transmitir suas vibrações, em par com a barra harmônica que corre longitudinalmente por todo o interior da caixa de ressonância na altura da corda mais grave. Em sua parte central, gravado a cinzel, com letras de forma, Reuben, naquela tarde de evocação esperançosa, deixando-se levar pelo imaginário mágico das tradições no início da década de 1940, havia gravado nela, de um lado, as letras YHWH e, de outro, a palavra *emet*, verdade em hebraico, com a letra *e* agora já quase ilegível. *Emet* estava quase que transformado em *met*, morto em hebraico. Era o golem demiurgo em desconstrução!

Desfeito o mistério, refeito o instrumento das pequenas imperfeições causadas pela habitual variação do tempo, puseram-se os dois em acordo sobre o segredo compartilhado. Schutz não foi capaz de cobrar pelo serviço. Sentiu-se recompensado por ter podido viver aquele momento.

Martín voltou para casa, depois de pronta a restauração, sem poder conter a exaltação continuada de seu coração. Os batimentos se aceleraram mais ainda depois que teve que vencer os 76 degraus da larga escada de belíssima madeira lavrada que levava até seu apartamento. Subiu pensando em Yonathan, em Reuben e em Ilana, que só conhecera pelas palavras de Antonin. Curioso, o mundo. Como, inesperadamente, uma vida se enchia de outras por conta de acasos inimagináveis? Natureza, homem e probabilidade. Quanto de aleatório e de incertezas em suas leis! De repente, um tupinambá-xangô às voltas com uma intrincada história europeia. Subiu ansioso por escrever, de novo, ao tradutor, agradecendo aquele seu magnânimo gesto provocador de tudo aquilo. Ao entrar em casa, foi surpreendido por uma carta atirada por debaixo da porta. A carta era a que havia escrito dias atrás a Antonin com a remessa do restante do pagamento de sua dívida. O envelope estava intacto. Não havia sido aberto. No verso, um carimbo assinalava em checo e alemão: *zemřel/verstorben*.[64]

---

64 Falecido.

Este livro foi composto em Minion Pro 12,5 pt e
impresso pela gráfica Paym em papel Pólen Soft 80 g/m².